다시 길을 가다

국립중앙도서관 출판시도서목록(CIP)
다시 길을 가다 : 오석영 수필집 / 지은이: 오석영. --
서울 : 선우미디어, 2014

     p. ;   cm

ISBN 978-89-5658-362-4 03810 : ₩12000

한국 현대 수필[韓國現代隨筆]

814.7-KDC5

895.745-DDC21   CIP2014000093

다시 길을 가다

1판 1쇄 발행 | 2014년 1월 7일

지은이 | 오석영
발행인 | 이선우
펴낸곳 | 도서출판 선우미디어
        등록 | 1997. 8. 7 제300-1997-148호
        110-070 서울시 종로구 내수동 75 용비어천가 1435호
        ☎ 2272-3351, 3352 팩스: 2272-5540
        sunwoome@hanmail.net
        Printed in Korea ⓒ 2014. 오석영

값 12,000원

ISBN 89-5658-362-4 03810

다시 길을 가다

오석영 수필집

선우미디어

책머리에

'보이지 않는 곳에서도 숨을 쉰다.'는 의미를 이해하려는 순간 깊은 터널의 끝이 보였고 새롭게 탄생하고 싶은 자신의 몸짓이 나타났다. 눈 덮인 겨울산도 세월이 가면 또 다른 모습을 연출하리라는 의미를.

지난 삶을 되짚으면서 찾아낸 대답을 남기고 싶고 그것을 글로 표현하고 싶은 일이다. 정직함과 냉정함이 결합한 순수한 의미를 각자 자신들이 발견하도록 하고 싶다는 의미다.

그동안 전국공모전 수상작품, 월간문학지, 동인지, 마음에 담고 싶던 글 등을 함께 묶어 보았다. 글의 전개는 소주제의 중심을 소재로 1부에서 4부까지이며, 이것을 본 후에야 삶의 조각들을 평가하지 않을까 싶다.

시·공간을 떠난 먼 훗날에 내 모습이 하나의 알갱이로 남겨지기를 원하지만 현실과 시간의 변화가 물질과 마음을 어떻게 좁혀갈지 의문이고, 힘겨운 삶을 딛고 즐거움을 찾는 일은 여전히 소중한 가치로 남을 것만 같다.

세상에 태어나서 마지막 순간에 남기고 싶은 한마디 말은 모두에게 다 있는 것, 만남 뒤에는 이별이 있고 또 만나면 다른 모습을 찾는다. 이것은 현실과 모든 관계가 매달려 있기에 인간인 우리가 풀어야할 고민일 수밖에 없다.

내게 다행인 건 수필이 있어서이다. 자신을 버리는 순간에 남기는 것도 있어 행복하다 여기며 마음에 편안함을 가질 생각이다.

과거 삶에서 무슨 말을 할까 한참을 망설였는데, 성큼 다가오는 생각이 눈에 훤하게 보이기 시작한다.

삶

산골마다 올망졸망한 마을이 납작하게 엎드렸고
또 배고프다고 칭얼거린다

겨우 끼니를 해결한다
잠에 곯아떨어지면서도 보이는 건
허공 속 허전한 마음이 서 있을 때도 있다

쳐다만 봐도 온 몸이 움츠려 들더니

이젠 나의 추억 속 술래가 되어 버렸다
오히려 붉은 대추가 실하게 가지마다 늘어지게 열렸다

척추처럼 지탱해 준 어머니 곁을 떠나
탈바꿈하여 악전고투(惡戰苦鬪)하더니
삶엔 길목마다 길이 있다는 걸 다 알고

한 예로, 고향의 바다 같은 속마음은 어머니 품속에서나 찾고
외부와의 경쟁은 먼저 자신과의 소통을 잊지 말라고

이젠 바다 위를 떠가는 영원한 배로 남게
강한 엔진을 달고 달리라고 손짓하고 싶다

온 인류가 어디에 있든
아궁이에 장작불 지펴 활활 타오르듯
화려한 조화로움으로 온 세상 환하게 물들기를 기원한다

2013년 12월
오석영

현실의 벽을 허무는 일

3 보이지 않는 곳에서 들리는 소리

마지막 머무는 순간

1

삶은
하나의
길

무거운 침묵

   처음 사택에서 잠을 청하는 날이었다. 잠은 오지 않고 머리가 띵하고 어지럽다. 눈을 감아 보았다. 오히려 답답하고 가슴을 짓누르는 것 같다. 벌떡 일어나서 거울을 보았다. 얼굴이 노랗다. 하는 수 없이 밖으로 나오니 밤하늘이 빙빙 돌고 있다. 대범해지려고 했지만 심한 현기증에 견디기가 힘들었다. 운동장 끝에 늘어선 은사시나무 사이에 걸려있는 별들이 그네를 뛰고 있다. 그 순간 그만 운동장에 쓰러져버렸다. 등이 차갑게 저려왔다. 나뭇가지에 걸린 실눈만한 초승달도 고향의 낭만을 삼킨 채 노려본다. 주위에 산들도 합세하여 고통을 주었다.

   자취생활의 부적응과 학교 업무 과중도 원인이겠지만 그보다는 제자 P의 6년 전 모습이 마음을 짓누르고 있었기 때문이다. 자신도 모르게 쥐고 있는 P의 미술 작품을 사택 앞 가로등 밑에서 본다.

   「하늘나라의 무지개 도시」와 「빨간 장미」

사고가 나기 전날 미술시간에 P가 그린 작품들이다. 그 당시 3학년 담임으로 P를 맡았다. 전방에 인접한 학교이므로 무엇보다 폭발물 위험에 노출되어 있어 각별한 관심을 갖고 지도에 임하였다. 그런데도 P는 그해 4월 14일 오후, 폭발물 사고로 세상을 떠났다.

토요일에 퇴근해서 집에 있을 때였다. 느닷없이 학교에서 전화가 왔다. 폭발물 사고 전화를 받고 바로 출발하여 현장에 도착한 것은 3시간 후, 오후 7시가 지나서였다. 장독대 주변은 심하게 패였고 조그마한 집 툇마루 주변도 파편에 의해 벽과 문이 날아갔다. 일부 담 벽에는 폭발로 날아간 살점을 떼어낸 핏자국이 묻어 있어 당시 처참했던 상황을 말해 주고 있었다.

마을 주민 C씨가 우리 일행을 보자, "지금 모두 마을회관에서 사고 대책을 논의 중입니다."라고 하면서 교장선생님과 나를 그곳으로 안내했다. 방 안에서는 P의 아버지를 중심으로 빙 둘러 앉았다. 침울한 표정에서 부대 사격장의 불만스런 이야기가 나왔다. 파편을 수거하지 않아 사고가 난 것이라고 단정했다. 한편으로는 부모들의 무관심도 거론했다. 그러다가 불똥이 학교로 옮겨왔다. 학교에서 철저한 지도를 했어야 하는데 그 책임을 어떻게 질 것인가 하면서 따져 물었다. "물론 책임질 일은 지겠지만, 어린이들 일기장을 확인해 보셨나요? 생활지도에서 폭발물 안전에 대해 매일 말할 정도로 지도했습니다." 나의 대답이 끝나자 뒤편에 있는 같은 반 학부모가 거들었다. "주범은 부대 사격장 지휘관

이야. 이번에 아주 결판을 내고 모든 책임을 지도록 해야 해.” 하자 방안은 잠시 조용하다.

그날 밤 새벽에 돌아와 뜬눈으로 밤을 보냈고, 다음 날 아침에도 사건의 현장으로 달려갔다. 사고가 난 P의 집은 산 밑에 위치한 외딴집이었고, 장독대 아래에는 길을 중심으로 벼랑으로 된 계단식 논들이 집 아래로 깔려 있다. 그의 할머니는 아침 기운이 찬데도 폭발물로 잘려나간 손자 다리가 논에 있나 해서 찾고 있었다. P의 어머니는 실신하여 병원으로 가고 없었다.

영구차가 현장에 도착한 것은 10시가 조금 지나서였다. 흰 천에 싸인 P의 시체가 관에 담긴 채 지역 주민들에 의해 산 밑에서 큰길로 내려간다. 현장을 지켜본 모든 학부모는 할 말을 잃고 관이 움직이는 곳을 쳐다보다가 영구차가 떠나자 다시 허공을 바라보고 있었다.

당시 주변 이야기를 들으면 P와 몇몇의 아이들이 바로 위에 있는 사격장에 자주 가서 탄피를 주워 모아서 고물장사가 오면 팔았다고 했다. 사고가 나던 날 그의 부모는 그 밑에 살고 있는 K의 집 도배를 돕기 위하여 일을 하러 갔다. 그 시간에 P의 집에서는 ‘펑!’ 하는 강한 폭발음과 함께 집 벽이 날아가고 P의 외마디 소리는 처절한 외침으로 흩어졌다.

P가 장독대 위에서 폭발물을 가지고 놀다가 사고가 나던 당시 같은 반 K는 P의 여동생과 함께 옆방에서 텔레비전을 보았다고 했다. K의 일기를 보면 사고가 난 후의 내용들이 자세히 기록되어 있다.

"그 일이 생긴 후부터는 밤이 걱정이다. 어떻게 잠을 자야만 P의 이름을 잊어버리고 잘 수 있을까. P의 죽는 꿈을 안 꾸었으면 좋겠다.…… 그 후부터는 아빠와 엄마가 있는 방에서만 잠을 잔다. 그래서 꿈속에서 P의 웃는 모습과 우는 소리가 심하게 들릴 때면 잠에서 깨어 엄마의 품속에서 떨고 있다."

그 후 일주일 되던 날 P의 어머니가 찾아 왔다. 1학년 P의 여동생을 전학시키려고 왔다가 들렀다는데 나는 아무 말도 하지 못했다. 사물함에서 P의 실내화와 미술도구 일체를 돌려주었다.

우연히 학급에 보관된 미술 작품 속에서 P의 그림을 발견했지만 결국은 학부모에게 전달하지 못했다.

P의 미술 작품을 본다. 또 기억하고 싶지 않은 사실들이 심한 오열을 타고 가슴속으로 파고든다. 특히 이 두 장의 그림은 폭발물 사고가 나기 전날 P가 미술시간에 그린 작품들이다. 먼저「하늘나라의 무지개 도시」가 보인다. 그리고 또 한 작품「빨간 장미」는 어떤 의미를 상징하고 있는지 알 수 없는 일이다. 그림은 암시적인 채 유언장이 되고 말았다.

밤하늘을 향해 소리 높여 P를 불러보지만 제자는 대답 없고 무거운 침묵만이 산기슭에서 되돌아올 뿐이다.

일직선(一直線)(1)

　어린 시절에 살던 우리 집은 일직선이었다. 서쪽 큰 창고부터 동쪽 끝 부엌까지 통틀어 일직선으로 대형트럭이 확대된 모양이다. 별도로 끼어든 게 있다면 뒤란 언덕 위에 선 크고 우람한 탱자나무가 우산처럼 집을 둘러싸고 있다. 전면의 울타리와 탱자나무에 가린 장독대도 집처럼 가로로 길게 늘어서 있다.

　지금까지 살아온 지역도 일직선이다. 동두천에서 출발하여 의정부, 다시 연천에서 동두천으로, 직장 연고지도 일직선인 걸 보면 나와 어떤 인연을 갖고 있지 않나 하는 생각을 해본다.

　삶에서 죽음으로의 연결도 일직선이다. 하지만 죽음은 의미가 다르다. 불안에서 벗어나도록 대응하는 방법을 찾아가야 한다. 삶의 과정을 의롭게 받아들이고 실천하는 일이다. 일찍이 아버지는 그걸 내게 알리시고 떠났다.

　어머니는 '아버지가 몹시 불편하시니 와 달라'고 했는데, 학교

문제로 찾아뵙지 못했다. 다음날 위독하다는 전화를 받고 급히 내려갔을 때는 이 세상 사람이 아니었다. 아버지 임종은 봉락리 교회 목사가 지켜보았고 임종 직전의 아버지는 목사의 손을 꼭 잡고 편안한 모습이었다고 했다. 목사는 몇 년은 더 사실 것으로 판단했다고 한다. 아버지는 그 자리에서 눈만 뜨고 계셨을 뿐 두려워하지 않고 편안하게 현실을 접은 거였다. 희로애락을 벗어던지고 강한 결심으로 목사의 손을 잡은 채 더 크고 넓은 세상으로 가셨다. 나에게 좋은 계시를 준 답일 수도 있다. 할아버지가 어렵게 사실 때 아버지는 강한 삶의 의지를 배웠을 것이 분명하다. 역경에 굴복하지 않고 살아야 하는 이치를 터득했고, 그것들이 죽음 직전에도 필요함을 배우셨을 것이다. 아버지는 삶의 과정을 일직선으로 보고 흐트러짐 없이 냉정함을 되찾아 극복하였고, 받아들인 결과라고 생각된다.

이제 나 역시 마지막 맞닥뜨림에서는 아버지의 냉정함을 잃지 말고 그 뜻을 실천해야 한다. 시기를 놓치지 말고 가능성이 예고된 대목에서 주저해선 안 된다. 인간에게 하나의 다리를 형성한 일직선이 죽음이라면 그 순간에도 자신의 의지와 실천이 일직선이 되어야 한다. 마지막 장식은 아름다움으로 승화하는 일뿐이다.

명암이 엇갈리는 결정적인 단 한번밖에 없는 일이지만 거기엔 실수가 있을 수 없고, 어떤 연민이 뒤따를 일은 더욱 아니다. 눈에 잡히지도 않고 생각하기 힘든 마지막 카드다. 일단 결정하면 옆을 볼 여유는 없고 강하게 앞으로 질주하는 것이다. 선택된 길이기에 모든 걸 훌훌 털어 버린다. 물질도 마음도 비운다. 두려움 없이 편안한 마음으로 그 동안의 잘못을 뉘우치고 깨달으면서 태어나기 이전의 길로 되돌아가는 일직선이 되는 거다.

일직선(一直線)(2)

　아버지도 서산에서 서울, 연천으로 긴 일직선으로 사시다 결국 서산 원점에서 삶을 마감하셨다. 나의 일직선은 쌍문동에서 미아동이다. 미아동 아파트 베란다에는 간이 장독대가 마련되어 있고 간장, 된장, 고추장 등 크고 작은 용기들이 아버지가 사시던 때처럼 늘어서 있다. 한번은 아내가 간장과 된장을 뜨면서 내게 이런 말을 한다. "서산에서 어머니가 흰 수건 두르고 구부린 채 된장 퍼내시던 모습이 생각나. 우리를 편안하게 해 주고 떠나신 부모님을 어떻게 본받아야 할지 걱정돼." "그게 무슨 말인데?"했더니. "우리가 치매라도 걸리고, 자식들을 불편하게 안한다는 보장이 있어야지." 하며 아내가 나를 본다.

　내가 아버지의 마음을 못 잊게 하는 한 가지는, 고등학교 1학년 때 같은 반 나쁜 친구에게 매를 맞고 앞니가 부러졌던 때 일이다. 나를 데리고는 몽둥이 들고 학교 정문까지 와서 그 학생을 가만두지 않겠다고 기다렸던 일이다. 어머니 말에 의하면 아버지는 평소에, "당신은 아들 하나라도 남 여럿 못지않게 잘 둬서 행복한 줄 알어." 라고 했다는 말도 들었다. 아버지는 칭찬해 주셨지만 나는 잘해드리지 못한 마음이 있어 괴로울 뿐이다. 이 순간도 그것들이 나를 힘들게 한다. 자꾸만 눈물이 쏟아진다. 막상 돌아가셨을 때는 눈물이 많지 않았는데 10년이 지난 지금에 와서 슬픈 눈물이 쏟아진다.

베란다 간이 장독대에 있는 물건들은 서로 다른 맛을 지니고 있다. 고추장은 매운 맛을, 간장과 된장은 짜면서도 고유의 맛을 지녀 각자의 향을 뚜렷하게 드러낸다. 같은 된장이라도 서로 다른 맛을 갖고 있으니 참으로 오묘할 뿐만 아니라 신비에 가깝다.

인간은 그보다 더 세밀하게 평가해야 한다.

나는 60년대에 '시대의 격정'이란 말을 썼고, 80년대엔 '선율의 대결'이란 표현을 하면서 살아 온 날이 지금 머릿속을 스치고 지나간다. 요즘은 또 다른 하나의 '점'으로 고집하지만, 미완성으로 그렇게 남을 것인지 알 수가 없다.

무얼 할 것인가, 무엇을 해 왔는가를 질문한다면 분명한 게 하나 있다. 남에게 폐를 끼치는 일만은 하지 않았다. 가진 것 없어 남에게 베풀지 못한 삶이 아쉽다. 맞아보긴 했어도 때려 본 일은 없다. '법 없어도 산다.'는 말을 무수히 들어왔다. 그런 성격이 나를 강하게 만들었고 참고 견디는 힘든 일을 적응하게 했다. 그것은 곧 아버지의 깊은 뜻이 내게 전달되어 일직선으로 와 있었기 때문이라고 본다. 이제 정리할 일만 남았다. 그동안의 일이 작은 실천이라면, 이젠 결심의 큰 실천을 실행하는 일이다. 이는 곧 일직선의 틀에서 마감하는 일이다. 삶에서 죽음, 그리고 다시 새 삶으로 가는 자신만의 사상으로 무장된 의지를 갖고 실천하면 된다.

어렸을 때는 흰 무명옷을 입고 살았다. 성인이 되면서 남들이 유채색을 많이 입었을 때도 난 검은색 옷을 고집하면서 현재까지 살고 있다. 머지않아 흰 천에 감겨 하나의 '점'으로 사라진다면, 그건 다시 검정으로 환원될 것이니 그것도 역시 일직선으로 봐야 할 일이다.

추억 속에 맴도는 초상화

　푸른 가을하늘을 보면 바로 앞에서 화사하게 웃고 있는 모습도 그려지고, 두려운 대상도 떠오른다. 그 중에서도 먼저 생각나는 일은 산에서 꿩알을 찾아준 군인 아저씨가 떠오른다. 임시로 우리 집에 살면서 두터운 군인 내복도 주고 우비도 주었다. 비 오는 날 우비를 입는 이유는 비를 피하기 위해서지만 나에겐 특별한 옷을 입은 것처럼 마음이 들떴다. 두터운 군인 옷을 입은 것만으로 뿌듯한 자부심을 느꼈다.

　장날로 기억된다. 좀 멋을 내고 싶어 그 군인 내복을 꺼내 입고 장에 갔다. 일이 생길까봐 조심스럽게 뒷길로만 다니고, 엿 장사 옆에서도 엿치기하는 걸 먼저 보지 않고 주위부터 살핀 후에 구경거리로 눈을 돌린다. 노점상 책을 보고 싶어도 장터 중앙에 있어 가지 못한다. 그런데 헌병이 어디서 보았는지 호루라기를 요란하게 불며 나를 추적해 온다. 뒤통수로 수많은 눈들이 와 박히면서 내 옷을 뺏긴다 생각하니 눈에 보이는 게 없다. 숨 쉴 여유도 없이 뒷길 둑으로 달려가 논길로 들어섰다. 더 가까이 오자 순간적으로 들어간 곳이 벼가 익은 논 한가운데였다. 그런데 헌병은 더 잽싸게 논 안으로 들어와서 내 옷을 잡아챈다. 너무나 억울하고 서운했다. 석양에 깔린 노을을 보면서 집에는 가지 않고 들판에서 여물어간 곡식들을 보았던 것 같다. 가을바람에 흔들리는 벼 잎에서 메뚜기의 불규칙한 움직임을 보다가 개울가로 향했고, 그 물밑에서 참게가 느릿느릿 걸어가는 것을 보고도 멍청히 서 있다가 돌아왔다.

가을 하늘과 스쳐가는 바람의 숨결이 힘든 순간을 견뎌내게 했는지 모른다. 군인아저씨가 다른 부대로 옮겨가면서 우비까지 챙겨 가서 서운했던 기억이 너무나 선명하게 겹쳐온다.

언덕 아래에 가로수처럼 길게 늘어선 뽕나무가 있는 텃밭을 보면 고모들 생각이 난다. 고향집엔 작은고모와 큰고모가 살았다. 큰고모는 꽤 부지런했다. 밭에 풀을 뽑거나 논 맬 때도 다른 사람보다 일을 잘해 맨 먼저 끝낸다. 나는 옆줄에서 두 번째로 끝낸다. 할머니와 작은고모는 몹시 느렸다. 그러나 작은고모는 장사 솜씨가 뛰어나다. 나보다 한 살 위로 열세 살이었는데 그때 장사 경험을 했다. 엿 장사도 했고 오징어도 노름방에 가서 잘 팔았다. 큰고모와는 사과 서리하다가 과수원집 아저씨한테 발각되어 도망친 일이 떠오른다. 큰고모가 가는 방향대로 솔밭 능선으로 달렸다. 그랬더니 바로 내 등 뒤까지 쫓아온다. 할 수 없이 언덕 밑으로 방향을 확 바꾸었다. 한참을 달리다 보니 내 뒤에는 아무도 없다. 소나무 숲속에 숨었다가 어두워진 후에 산길로 해 집에 온 기억이 난다. 큰고모는 언제 왔는지 겉보리를 맷돌에 갈고 있다. 난 무서워서 아무 말도 하지 못했다.

추운 겨울이면 썰매 타기가 한창이다. 아버지가 만들어 준 앉은 뱅이 썰매를 타고 달리는 기분은 하늘을 나는 기분이다. 논둑에선 여동생이 좋아라고 환호한다. 한 발 다가와 얼음 위로 내려오다 넘어지기도 한다. 해가 질 무렵이면 집으로 가지 않고 여동생 손을 잡고 산과 들을 헤매다가 어두워져서야 집으로 가기도 했다. 여동생에게 집 주위를 살펴보게 했고 집안이 조용하고 인기척이 없다는 신호가 오면 슬그머니 사랑방 문을 열고 들어간다. 한나절을 놀았기 때문에 미안해서 보리죽 먹는 것을 접고 숨어서 잔다.

낮에 부지런히 일을 한 날은 사정이 다르다. 할머니, 할아버지가 즐거워하며 죽도 큰 그릇에 퍼주셨다. 그런 날 밤이면 힘들었던 일도 다 잊고 즐겁기만 했다.

우리 집엔 밤이면 마을 누나들이 사랑방으로 모이곤 했다. 내가 읽은 「무쇠 탈」「새벽길」 같은 소설 이야기를 하면 누나들은 그 이야기 속에 빠져들며 즐거워했다. 그게 좋아서 더 신나게 이야기를 한다. 다음날도 또 찾아온다. 팥죽도 그릇에 담아 오고, 고구마도 갖고 온다. 어떤 누나는 흰 손수건에 수를 놓아 선물까지 했다.

「추억 속에 맴도는 초상화」란 글을 누나들이 읽게 된다면, 어떤 생각을 할까 궁금하다.

빈 그릇

법정스님의 「아름다운 마무리」를 읽다가 죽은 여동생의 밥그릇을 떠올리며 눈을 감았다. 아름다운 사랑의 그리움이 빗줄기 되어 온 몸을 적신다.

다시 하늘을 보면 곤두박질치며 다가오는 시선들이 보인다.

죽은 여동생이 안고 있던 빈 그릇과 늘 상대방에게 폐를 끼치지 않으려던 그 여동생의 마음에서 나는 비를 맞고 날개를 푸득거리는 한 마리의 새가 되는 기분이다.

나를 무척 따랐던 여동생에게 어떤 오빠였을지 되돌아보면 어깨가 내려앉는다. 벽 모서리에 얼굴을 갖다 박고 머리를 쥐어뜯고 싶을 뿐이다.

내가 왼팔을 높이 휘두르며 원을 만들면 여동생은 뒤에서 따라 한다. 냇가로 잽싸게 달릴 때면 코끝에 매달리는 코스모스 향이 배고픔을 잊게 했고 약속 없는 길을 한없이 달리게 했다. 한참을 달리다가 뒤돌아보면 여동생도 저만치서 화사하게 웃으며 달려온다.

한남동 단국대학교 뒷산 빈민촌에서 살 때 동생에게 섭섭하게 했던 일이 더욱 가슴 아프다. 내 친구가 찾아와서 놀자고 해서 철길을 걸을 때다. 여동생이 느닷없이 나타나서 함께 가자고 한다. "안 돼, 다음에 가." 따끔하게 야단쳐도 여전히 뒤에서 따라온다. 펭귄처럼 보이는 원피스를 입고 일정한 간격으로 온다. "안 된다고 했잖아!" 매서운 눈으로 여동생을 쏘아보자 그제야 풀죽은 표정으로 걸음을 멈춘다. 다시 돌아보니 좁혀졌던 거리가 멀어진다. 철길에 밟히는 돌을 발로 차며 우리 쪽을 힐끔힐끔 보며 집으로 향한다. 집에 와서 보니 여동생의 원망어린 눈빛에 서운함이 역력하다. 묻는 말에 대답도 잘 안 한다. 저녁상을 내 앞에 갖다 주고 나가버린다. 여동생은 저녁을 먹었을까. 지난번처럼 나에게만 주는 저녁은 아니었는지 가슴이 아려온다.

어느 날 여동생은, "오빠 내일 우리 동네 모두 철거한대. 조심해." 하며 자신보다 오빠를 더 걱정한다. 다음 날 아침 철거원들이 몰려와서 우리 마을을 철거하려고 할 때 옆집 아주머니가 인부들을 향해 똥바가지를 들고 달려가자 이웃 주민들도 우르르 몰려간다. 나도 옆에서 분노하며 철거반원들을 쏘아볼 때 곁에 어린 여동생이 있었다. "오빠 어른들이 하게 그냥 둬! 오빠가 할 일이 아니잖아?" 하며 내 팔을 강하게 끌어 당겨 그들과의 거리를 멀어지게 한다. 나는 동생의 손을 불끈 잡았을 뿐 어떤 행동도 취하지 못했다.

여동생과 나는 말없이 한남동 철길로 들어섰다. 눈앞엔 한강변의 붉은 노을이 마음속에 젖어 온다. 배고픔을 잊고 거닐던 그곳에 두 그림자가 움직인다. 큰 그림자는 작은 그림자를 끌고 있고, 작은 그림자는 큰 그림자를 밀고 있다.

여동생은 그렇게 오빠를 따라 다니며 즐거워했다. 불쑥불쑥 튀어나온 꽃을 보면 신기해서 "무슨 꽃이야?" 하고 묻기도 했고, 잰 걸음으로 앞서가다 뒤를 보며 웃기도 하고, 등 뒤에서 열차의 기적소리가 들리면 "오빠! 길가로 내려 서." 하며, 자기 자신도 길섶으로 재빨리 옮겨가며 손으로 양쪽 귀를 틀어막는다. 열차는 희뿌연 연기를 내뿜으며 금호동 쪽으로 달아난다.

내가 고등학교 다니던 겨울의 일이다.

인천 송현동 단칸방 셋집에서 살던 시절 저녁 무렵이다. 집에 돌아올 때쯤엔 여동생이 동네 아이들과 마당에서 놀고 있다. 나를 보기가 무섭게 달려와 내 손을 잡고 집안으로 들어가면, 같이 놀던 아이들은 부러운 눈으로 우르르 따라 들어온다. "오빠, 배고프지? 밥해 줄 게." 하며 쏜살같이 좁은 부엌으로 들어간다.

우리 집에 쌀이 없는 것을 모르고 지낸 적이 있다. 저녁이면 어김없이 흰 쌀밥 한 그릇이 김치와 함께 상에 올려있어서 몰랐던 것이다. "너도 들어와서 먹어." 라고 말하면 "괜찮아, 부엌이 따뜻해서 좋아." 한다. 처음 몇 번은 그런 줄만 알았다. 밥솥에서 누룽지 긁는 소리도 들리고 숟가락 소리도 달그락달그락 들렸다.

그런데 우연히 물을 뜨기 위해 부엌문을 열고 내가 본 것은 빈 그릇을 긁고 있는 여동생의 놀란 얼굴이었다. 그날만 생각하면 가슴이 쓰리고 심장이 내려앉는 소리가 들리곤 한다.

단순하고 자유롭고 단정한 여동생이 스물일곱의 젊은 나이에 깨끗하게 세상을 마무리한 채 떠나 버렸다. 친구의 사업자금 보증을 잘못 섰다. 시어머니와의 갈등을 현실적으로 타협하려 들지 않았고 문제를 해결하지 못한 채 주위 사람들에게 피해를 주지 않으려는 듯 자살을 선택한 동생, 가족들에게 미안하다는 짤막한 글을 남기고 떠났다. 여동생에게 도움을 주지 못한 오빠였다는 사실이 지금 이 순간에도 밀물처럼 빠르게 가슴속을 파고든다.

동생이 보여준 빈 그릇의 사랑을 나는 어떻게 받아들이란 말인가. 부끄럽다. 해준 것이 없다. 그동안 부족한 모습만 보여준 자신의 삶을 인정하고 이제라도 아름다운 마무리를 고민한다. 법정스님의 「아름다운 마무리」에서 큰 뜻은 모든 욕심을 버리고 마음을 비우면 그곳에 답이 있다는 이야기이고, 여동생이 내게 보인 빈 그릇은 오빠를 사랑하는 지극한 마음이 담겨 있는 행동 이였으리라.

이제 내가 할 일만 남아있다. 그래서 작은 일부터 실천했다. 3호선 전철 경로석 앞에 있을 때 한쪽 발을 잃은 장애인이 도움을 요청해서 주머니에 있던 돈 만 원짜리를 모두 주었다. 주위 사람들은 돈과 나를 번갈아 보며 알 수 없는 눈빛을 쏟아 붓는다. 어색하지만 마음만은 편안하다.

동생이 준 아픔이 무엇을 의미하는지 살펴보고 스스로 선택하여 그것을 향해 걸어갈 것이다. 여동생은 나에게 사랑은 주는 것이라는 숭고한 정신을 심어 주고 떠났다. 제가 가진 어떤 것이라도 주는 것임을 몸소 보여주고 오빠인 나에게 눈물을 뿌리게 하고 사라졌다. 젊은 나이에 슬프게 떠난 여동생의 모습이 늘 빈 밥그릇과 함께 나를 울리고 있다.

내 남은 삶을 어떻게 마무리하고 정리할 것인가?

이별

언젠가부터 제자 K가 전화를 하지 않는다. 그래서 불안하다. K는 F초등학교에서 근무할 때의 제자이다. 공부도 잘했지만 문예반 활동을 하며 글짓기대회 때마다 우수상을 독차지하였다.

관내 교사들을 초청하여 공개 시범수업을 할 때였다. 도입에서 전개수업이 잘 되지 않아 초조할 때 재치 있게 발표를 하여 단번에 분위기를 반전시키고 어려운 순간을 피해 가도록 물꼬를 터준 아이였다. 학급에서 힘든 일로 긴장감이 생길 때면 그는 거침없이 문제를 해결해 주었다.

그 후부터 제자 K에게 큰 관심을 갖게 되었다. 그는 날카로운 사고력, 거침없는 현실 판단으로 승부욕도 강하고 집념이 매우 커 성공할 수 있는 재목으로 기대를 한 제자이다.

졸업 후 6년 만엔가 학교 교무실서 우연히 책상 위 고무판을 들추다가 카드와 섞여 있는 제자 K의 편지를 발견했다.

편지를 보는 순간 제자 K의 초등학교 3학년 때 모습이 눈앞에 멈춰 서며 강하게 마음을 휘감는다. 사택에 돌아와서 다음날 근무를 위해 잠을 청해도 잠이 오질 않는다. 제자 K의 이지적인 사고가 자꾸만 눈앞에서 촉각을 곤두세웠다. 그 당시 나는 또래들보다 교단에 늦게 들어가서 평교사였는데 그걸 힘들어하던 시기였다. 제자 K가 J중학교 6개 학급 중 전교 1등을 했다는 편지에서 내 자신의 행동이 부끄러워졌다. 직위 못지않게 더 소중한 제자 K가 있다는 것을 생각하며 자신의 성취감을 그런 일에 위로받고 싶어졌다.

여기에 제자 K가 쓴 편지 일부를 소개한다.

그리운 선생님께!

선생님 이 글을 보시면 제일 먼저 어떤 표정을 지으실지 궁금해요. 아마 깜짝 놀라시며 기뻐하시겠죠. 동생을 통해 다시 F초등학교에 오셨다는 이야기를 듣고 깜짝 놀랐어요. 그리고 동생을 통해 편지를 보내려고 쓰는 거예요.

5년이란 길고도 짧은 세월이 지나갔어요.

그동안 연락드리지 못해 죄송해요. '그리운 선생님.' 제 마음을 여섯 글자로 대신해요. 이미 6살이나 더 먹었지만 아직도 선생님의 기억에는 작은 K로 남아 있겠지요. 저 역시 6년 전의 선생님 얼굴밖에 기억할 수 없어요.

선생님이 사시는 바닷가의 고향이야기, 그리고 가끔 들려준 선율의 이야기 등…. 선생님은 제가 글짓기를 잘하도록 길을 열어 주셨어요. 그리고 제가 초등학교 3학년 동화발표 때「쥐한테 배운 효성」으로 우수상을 탔는데, 그런 것들이 지금와선 추억거리가 되어요.

K는 중학교에서 열심히 공부한 이야기를 했다. 나는 내 일처럼 즐겁고 기뻤다.

그로부터 8년 후 3월 하순경 주말이다. 제자 K가 오랜만에 만나자고 한다. 그러면서 '선생님이 알아보실까?' '어떻게 변했을까.' 하면서 지금 자기 마음을 말로 표현하기 어렵다고 했다. 그때 나도 같은 마음으로 지난날을 회상했다.

같은 관내에서 교장으로 근무하면서 알게 된 모 교장이 있다. 그는 만날 때마다 교사인 자기 아들을 은근히 자랑하면서 결혼시킬 좋은 여자를 소개해 달라고 부탁했다. 그래서 K에게 그 사실을 말했더니 만나겠다고 해서 소개해 주었다.

한 해가 지난 후 결혼하겠다고 두 사람이 나를 찾아 왔다. 그러면서 주례까지 부탁해 반갑게 여겼다.

결혼한 지 6개월쯤 지났을 때이다.

K가 느닷없이 찾아 와서 이혼해야겠다고 하면서 화나는 내용들을 무섭게 쏟아 놓았다. 그 내용은 남자가 너무 늦게 오거나 아예 안 들어 올 때도 있다고 했다. 이유가 있으면 설명한 후 이해를 얻어야 하는데, 그런 말은 전혀 없고 결혼했으니 네가 어쩔 거냐는 불순한 태도라고 했다. 시부모님도 자식과 며느리가 크게 싸운

사실을 알았는데, 마음대로 하라는 식으로 내버려 둔 채 외국여행을 떠났다는 이야기다.

나는 제자 K의 화난 감정을 누그러뜨릴 대안이 떠오르지 않았다. 소개를 한 내가 죄스럽고 소개를 부탁한 교장이 몹시 미웠을 뿐이다. 제자 K에게 한번만 참고 고민한 후 결정하자고 했지만 참을 수가 없었던 모양이다. 너무 기가 막힌 일이다.

그 일 이후부터는 그를 만나지 못한다. 제자 K는 얼마나 힘들어할까! 마음이 너무 괴롭다. 그동안 늘 곁에서 도와주고 힘이 되었던 제자였는데, 이젠 만날 수 없는 가슴 아픈 현실로 바뀌는 게 아닌지 걱정이다. 그것과는 관계없이 찾아가서 내 마음을 전하면 받아줄까. 제발 제자 K의 이별이 나와의 관계에선 아니길 바라는 마음뿐이다.

검은 등딱지와 붉은 등딱지

4호선 충무로역에서 내렸다. 3호선을 갈아타기 위해 내려가는 계단 아래를 보니 비집을 틈도 없이 뭉쳐서 물결처럼 흔들린다. 한참 기다렸다가 맨 뒤에 합류했다. 그들을 보면서 옷 색깔을 살펴보았다. 내 생각과 일치한 게 신기하다.

3호선 대화행 전철이 들어와 경로석에 앉았다. 앞에도 옆에도 사람이 없다. 일반석도 한산하긴 마찬가지다. 대부분 검은 색깔의 옷이다. 이따금 붉은색 옷을 입은 사람도 눈에 띈다. 난 한가한 시간이면 상상을 한다. 요즈음은 내 자신에 대한 고민을 많이 하는 편이다.

늘 뒤져 있다는 강박관념이 서슴지 말고 길을 열어 가라 닦달하기도 한다. 눈앞에 스치는 날선 신경이 예리하게 곤두박질치기도 한다.

되돌아보면 어려웠던 환경을 극복하고 목표달성을 하는 일은 무척 힘들었다고 여겨진다. 그것은 본능적인 굶주림 때문이었다. 어릴 때 희망은 흰 쌀밥을 많이 먹는 것이다. 성장한 후 돈을 벌고 싶었지만 능력이 미치지 못했다. 교단으로 들어 온 것은 생계를 유지하기 위함이었는지도 모른다.

교단에서도 크고 작은 일들로 갈등을 빚었다. 교육에 대한 일과 승진에 대한 꿈 때문이다. 조금씩 성취하면서 갈등은 확대되고 넓고 크게 번져갔다. 사실은 이전부터 그런 사실들이 잠재해 있었는지 모른다. 그렇지 않고는 의외의 일이 일어날 수 없는 일 아닐까?

교육부 주관의 전달강습에서 예상치 못한 일이었는데 내가 최상의 성적을 거두었다. 그게 원인이 되어 교육청 강사로 위촉되어 과학주임, 연구주임들을 모아놓고 연수를 했다. 21세기 미래사회 전망을 말하면서 인성교육 위주의 절대평가를 주장했던 내 속마음은 어떠했는가를 살펴본다. 정신적 가치를 내세웠으면서 자신은 물론 맏딸에게 상대평가를 두둔한 감이 들고, 너무 강하게 키운 게 이젠 후회스럽기조차 하다. 바로 결과가 나타났기 때문에 더 마음이 괴롭다. 손녀가 압박감에 빠졌다는 말에 마음이 무겁다.

이제 나는 경쟁보다는 조화에 대한 생각을 골똘히 하게 된다. 낮과 밤, 해와 달, 육지와 바다처럼 그 안의 공간도 순수함만이 이어져야 한다는 것을. 인간의 불편한 불씨가 아름다움을 벗어나지 말아야 한다는 사실을. 그래서 조화로움 안에서 모든 화합이 만들어져야 한다는 게 요즈음 변화된 생각이다.

생과 사에 대한 문제가 가장 깊게 자리 잡고 있다. 운명의 공간을 두려워하지 않는 것에 대한 고민이다. 그것은 조화로움으로 연결해 현실의 아픔을 허무는 일이다. 물질 또는 정신에도 있었던 것처럼 생과 사도 같은 연결인 걸 알고 편안히 받아들이는 문제다.

나는 셋째 딸 B의 집으로 가야 한다. 원당역 6번 출구로 내려가면서 시간을 보았다. 오전 7시 40분이다. 유치원에 갈 사내아이는 자고 있겠지만 초등학교 4학년 손녀 K는 26층 승강기 옆에서 나를 기다릴 게 분명하다. 그것은 유치원에 갈 동생을 내게 맡기고 학교에 가기 위해서다.

엊그제 일이 떠오른다. 유치원에 갈 아이가 배가 고프다고 해서 난 그에게 음식을 주었고, 내가 필요로 하는 책을 손녀 K에게 설명했을 때, 손녀 K가 해결해 주었던 일이.

아파트 26층 승강기에서 문이 열리자 손녀 K가 공손하게 인사하면서 승강기로 들어선다. 그런데 공교롭게도 K는 붉은 외투를 입었다. 승강기 문이 닫히고 내 옷 색깔을 살펴보았다. 검은색 외투를 입고 있었다.

노인인 나는 검은 등딱지 같고, 손녀 K는 붉은 등딱지처럼 조화롭게 보인다.

감자 맛

　우리 집 거실은 사방이 흰 벽으로 단장되어 있다. 거기에 은백색 커튼이 창문을 감싸고 있어 아늑하다. 긴 의자 앞 탁상 위엔 아내가 방금 솥에서 꺼내 온 감자가 있지만 관심이 가질 않는다. 과거에 먹던 그 맛을 느낄 수가 없다. 베란다 창가를 바라본다.

　북한산 밑 고층 아파트에 사는 덕에 앞이 훤히 보인다. 개발이 안 된 다닥다닥한 집들이 과거를 한눈에 보는 듯하다.

　갑자기 눈앞의 감자는 숨어 버리고, 어린 시절 어머니가 주시던 감자가 생각난다. 커다란 아궁이속 숯과 지푸라기 재에 섞여있던 검게 탄 감자다. 잠잠하게 드러낸 토실토실한 입자는 입맛을 돋우고 고픈 배를 즐겁게 했다.

　유년시절 심한 빗줄기가 쏟아지던 당시 이웃집 친구 B가 죽던 날도 사랑방에서 빗소리를 들으며 감자를 먹었던 기억이 있다.

　지금 눈앞에 있는 감자는 시골집에 사는 사촌동생이 농사지은 감자다.

　며칠 전에 벌초를 하러 시골에 갔었다. 조상님들의 벌초를 끝내고 돌아가는 길에 사촌동생에게 잠시 들렀다. 우리 집 논과 밭을 붙이는 사촌에게 김장용 고추를 부탁하러 간 것이다. 사촌이 마늘과 감자 다섯 상자를 주고도 더 주려고 했다. 상자 한 개를 열어보니 굵은 감자들이 보인다. 두더지처럼 생긴 감자 속에서 많은 형상이 떠오른다.

　요즘에는 건강한 삶보다 불나비처럼 순간의 만족을 취하는 사람들이 늘고 있다. 나도 한때 건강을 대단하지 않게 여긴 때가 있었다. 그러나 폐결핵으로 생사를 넘나들면서 삶의 욕구가 강해졌고 식품도 맛보다는 건강을 고려해서 선택했다. 이제 가끔은 건강에 대한 생각을 잊을 때도 있다.

　감자는 분명 건강식품이다. 그런데 감자 꽃은 장미에 떠밀리고 감자 맛은 가공식품에 밀려 등을 보이곤 한다. 그뿐만이 아니다. 같은 밭작물 중에서도 마늘, 생강, 고추, 고구마는 좋아하지만 감자는 맨 뒤에 줄을 세운다. 보일 듯 말 듯 은은한 향이 있고, 주식으로 손색없는 감자의 맛을 많은 사람들이 소홀히 하는 것 같다.

　감자의 추억에서 한번은 어머니가 부엌 숯불에서 구워주신 뜨거운 감자를 배가 고파 허겁지겁 먹다가 입천장을 데어 한참동안 혼났던 기억이 있다.

　감자는 부엌 큰 솥에서 바로 익혀 나온 탁 터진 큰 감자가 인기다. 새우 눈을 한 채 몸집이 갈라진 흰 감자에 눈을 돌리게 마련이

다. 누런 껍질을 벗긴 뒤 반으로 가르면 파슬파슬한 몸체가 드러
난다. 입에 들어가면 살살 녹는 맛은 설탕보다 맛이 있다. 하얀
떡가루가 뭉쳐진 양 흰 속살을 드러내 보일 때는 보는 눈도 즐겁
고, 먹는 입도 즐거워 눈 깜짝할 사이에 혀에서 목 안으로 넘어간
다.

보리와 함께 서민의 배고픔을 채워주었던 주식이 감자였던 시
절이 있었다. 그 땐 주식으로 역동적인 역할을 담당했다. 고구마
는 소화가 잘 안 돼 열무김치가 필요하지만 감자는 다르다. 오직
감자만이 보는 것에서 맛까지 만족하고 건강까지 챙겨주었다. 그
래서 보릿고개가 있던 당시 시골에서는 감자를 주식으로 대용했
던 것이 분명하다. 그때는 본능적인 욕구가 먹어야 한다는 의미만
있었던 것 같다. 쪽마루 옆 황토벽에 기댄 채 한가롭게 문풍지를
바라보며 먹던 감자, 그 맛 또한 최고였다.

아내가 알이 굵고 실한 감자를 쳐다만 보느냐고 거듭 먹어보기
를 권했다. 나는 감자 맛이 옛날과 같지 않다고 말하지는 않고
멍하니 바라보았다. 아내는 짐작했다는 듯 내게 말한다. "감자 맛
도 세월처럼 앞으로 달려가야 하는 것 아닐까?"라고

감자 맛이 서민의 사랑을 받았던 과거에서 밀려나고 있는 현재
를 보며 변화의 물결에 대한 회한을 갖는다.

담뱃값

언덕 밑 옹달샘에서 새로운 걸 발견했다. 물에 뜬 누렇게 변한 빈 담뱃갑이다. 그것은 당시 200원 하던 가장 값비싼 수정 담배였다. 그게 옹달샘에 있다는 게 신기했다.

수정 담배는 담뱃값이 계속 오르던 당시 내가 끊었던 담배다. 중독성을 지닌 담배를 담뱃값 때문에 갑자기 끊었던 옛날 일이 생각난다.

담배를 끊지 못한다면 분명 중독이다. 미국 정신과 진단 기준 'DSM-IV-TR'에 의하면 해롭다는 걸 알고 그 물질을 취하는 건 중독이라고 했고, 국내 정신과 전문의인 남궁기 교수도 뇌와 무관한 정신이상이 과연 있느냐고 반문하면서, 담배는 강력한 중독이라고 지적한 일이 있다. 그래서 중독을 뇌질환으로 보고 치료법을 개발해야 한다고 했다.

당시 그 일에 대해 엉뚱한 생각으로 고민하였고 건강에 해롭다는 담배를 끊지 못하는 건 자신과의 경쟁에서 진다는 사실에 근거하여 하루 2갑 피우던 걸 1갑으로 줄인 일이 있다.

그런데 교단에 들어온 후 담배 피우는 양이 오히려 늘었다. 담배를 피우면 몸에 해롭다는 걸 알면서도 학교 업무에 매달리다 보면 틈이 생길 때마다 손에 닿는 건 담배뿐이었다. 하루에 1갑 반에서 2갑을 피우는데 집에서는 60원 하는 파랑새를 피웠고, 직장에서는 100원 하는 청자를 피웠다. 그러다가 학교를 옮기면서 새로운 결심이 생겼다. 담배 줄이기였다. 담배도 수정으로 바꿨고, 하루에 5개비 정도만 피우기로 마음먹고 실천에 옮겼다. 그런데 수정 담배가 200원에서 250원으로 또 올랐다. 그때 바로 담배 끊기를 결심한 것이다.

중독성을 극복하고 담배를 끊은 건 자신의 의지였지만 결정적 계기는 담뱃값이 자주 오르는 것이 동기가 되었다.

지금은 담배를 피우지 않아 잘 모르지만 당시엔 잠자고 나면 오르는 게 담뱃값이었던 것 같았다. 몹시 불만스럽고 괘씸해서 딱 끊었던 것이다.

목발을 짚고 다니던 제자 C가 수정담배 두 갑을 스승의 날 선물로 준 일이 있다. 그 담배를 기념으로 보관했다가 정년 후 집 정리할 때 시골집 책상 서랍에 둔 기억이 있다. 그런데 발견한 서랍에는 한 갑뿐이다. 나머지 한 갑은 한 친구가 피우다가 옹달샘에 버렸다는 말을 나중에야 알게 되었다.

요즈음 담배 가게를 지날 때면 빙긋이 웃는 버릇이 있다. 그

당시 최고급이던 담뱃값이 200원이었는데 지금은 얼마나 하는지
궁금해서 물어 보니 골든 리프가 4000원이라고 해서 웃었다.

풀잎에 내린 아침 이슬

이슬을 보면 깨끗함을 느낀다. 햇빛을 받으며 풀잎에 잠시 머물던 이슬은 아래로 내려앉았다가 곧바로 사라져 버린다. 현재를 사는 자신을 되돌아보고 미래를 조명하는 불빛처럼 보이기도 한다. 요즈음에는 죽음에 대한 생각을 많이 한다. 어떻게 마무리하고 자손에게는 무엇을 당부할지 그런 것을 떠올려 본다.

태극마크에 무인(無人)이라고 쓰인 경비행기가 나타났다. 잠깐 동안이다. 선명한 태극마크가 눈부셨고, 젊고 잘생긴 아버지가 그 비행기를 타고 인자하게 웃으면서 하늘을 향하는 모습이 보였다. 잠시 후에 사라졌지만 인사도 못한 채 산에서 내려오면서 잠을 깼다.

아버지가 떠오른다. 남에게 해를 끼치거나 불편하게 하는 일을 제일 싫어하던 분이셨다. 마을에서 공동 작업할 때에도 자신이 맡은 일을 끝내고도 못 나온 사람 몫까지 일을 한다. 일 끝난 후

보면 주위엔 아버지와 나 이외는 아무도 없다. 마을사람들은 아버지를 '오 선생'이라 불렀다. 농부처럼 선한 마음을 갖고 있는 분이다.

그런 아버지가 내게는 못마땅할 때도 있었다. 남들이 쉴 때도 아버지는 일을 했다. 공동 작업에 나가 열심히 일을 하고 집에 와서는 심하게 앓기도 한다. 남들처럼 쉬면서 적당히 일을 해도 될 것 아닌가 원망한 적도 있다.

그러나 지금은 넓은 세상을 만들고자 노력하셨던 아버지의 지난 모습들이 아름답게 보이면서 유년의 기억들이 불쑥불쑥 고개를 들 때마다 숲속으로 도망쳐 숨고 싶어진다.

남에게 폐를 끼치거나 불편하지 않게 노력을 하면 오히려 바보 취급하고 이용하려 드는 사람들이 있어 힘들 때가 많다. 법정스님의 '무소유(無所有)'는 내게 굳은 의지를 다지게 했다. '크게 버리는 사람이 크게 얻을 수 있다' 는 그분의 말은 곧 힘들어도 견디어 내라는 주문인 것 같다. 육신에 안주하지 말고 홀홀 털어버리기 위해서 먼저 아버지의 산소를 찾아 다짐할 게 있다.

아버지는 젊었을 때 목수였고 집 짓는 일을 할 때면 품값보다는 튼튼하고 멋있는 집을 짓는 데 더욱 힘을 기울였다. 어려운 사람이 있으면 품값을 따지지 않고 집을 지어 주었다.

아버지는 싸우는 걸 제일 싫어했다. 어릴 적에 이웃에 사는 아이와 심하게 싸운 일이 있다. 피멍이 들어 집에 오자 맞붙지 않고 얻어맞은 나를 보고 오히려 웃으면서 "분한 마음을 참고 견디면 편안해져.” 라며 잠자코 있는 내 등을 가볍게 다독였다. 또 “때린 사람은 발 뻗고 잘 수가 없으니 지는 게 이기는 거여.”라고 말했다.

아버지는 두려움 없이 떳떳하게 현실을 접으셨다. 괴로움도 즐거움도 던져버리고 강한 결심으로 목사의 손을 잡은 채 편안하게 크고 넓은 세상으로 가신 분이다.

그것은 나에게 좋은 계시일 수도 있다. 할아버지가 어렵게 사실 때 아버지는 진정한 삶의 의미를 터득하였고 강한 삶의 자세를 배우셨을 게 분명하다. 어려운 삶에 굴복하지 않고 올곧은 마음으로 살아가는 이치를 터득했고 그것들이 죽음 직전까지 가족에게도 불편함을 주지 말아야 한다는 것을 이해했을 것이다. 더 놀라운 것은 아프실 때도 쓰지 않으셨다는 통장이 아버지 손에 쥐어져 있었다는 사실이다.

지금 아버지가 계신 산소엘 간다. 가는 길에 산 중턱 계곡에 숨은 동굴 속에도 들어가 본다. 여름이면 아버지와 함께 더위를 피해 올라가 쉬었던 추억이 있다. 아버지는 내게 늘 욕심을 버리고 부지런하게 살면 편안하다며, 물질보다 정신을 강조했다. 정직한 마음으로 좋은 일 많이 하라고 당부하셨다.

그 날을 회상하면서 동굴 속을 들어가 보았다. 전혀 변한 것 같지 않다. 희미한 공간이 보였고, 한참 지나갔을 때 유리알처럼 반들반들한 둥근 천장 오른쪽 벽면이 보였고 그곳엔 거미줄이 쳐져 있다. 주위에 생물들이 살고 있을 것 같지 않은데 거미줄이 있는 게 이상하다. 그때였다. 검은 물체가 놀라게 한다. 양 날개가 달린 박쥐였다. 없었던 물체가 생겨났다. 아버지는 그곳에 계시지 않은데 함께했던 추억만 있다. 아버지와 앉았던 자리에서 잠시 앉았다가 바로 그곳을 빠져 나왔다.

아버지의 말씀 중에는 "남에게 불편하지 않게 살다가 죽을 땐 깨끗하게 죽는 게 인간의 도리다."라는 말이 생각난다.

산소에 도착했을 때 난 또다시 확인했다. 증조할아버지 묘는 큰 바위 아래에 있고, 넓은 공간을 비워 둔 채 뚝 앞에 아버지 묘가 있다. 그건 돌아가시기 전에 아버지의 유언이었기에 받아들였다. 그러다 보니 내가 갈 곳은 낭떠러지밖에 없다. 그것은 바로 나에게 아침 풀잎에 내린 이슬처럼 두 팔 벌려 넓은 공간으로 사라지라는 말씀인 듯하다. 내가 죽으면 수목장해서 하얀 가루는 나무의 밑거름으로 남겨두고, 말보다는 실천으로 넓은 세상 만드는 데 일조하라는 계시인가 보다.

욕심의 덫

산에 올라서 골짜기를 보면 겹쳐진 부분이 있다. 그럴 때면 그곳엔 맑은 물만 흐르는지 궁금해진다. 파르무레한 산야를 걸으면서 푸른 산에 간다고 말한 때가 있었기 때문이다. 그게 문제가 되는데 고집하는 건 관계에 얽힌 욕심 때문으로 본다.

삶의 가치를 색깔로 표시할 때 선명하게 푸른색을 취할 필요가 있고 그걸 솔직하게 깨달아서 확인해야 하는데, 그렇지 못한 건 자신의 존재를 의식해 상대방 판단을 흐리게 하는 것은 아닐까 싶다. 점점 복잡한 세계로 간다는 걸 상상할 때 더욱 안타까운 일로 여겨진다.

오래 전에 도토리를 줍기 위해 가방 메고 산에 오르던 일이 스친다. 짐승들은 생각지 않고 보이는 대로 그릇 채우기에 바빴다. 함께한 어머니가 "다람쥐 산토끼도 살아야 하니 조금씩은 남기라"고 했다. 서리가 내릴 쯤엔, 시골 집 뒤란 감나무의 빨간 감을

딸 때도 비슷한 말을 했다. "새들의 몫을 남기라"고.

과거 어머니의 삶이 내 잘못을 뉘우치도록 마음을 뒤적인다. 오롯이 담겨 있는 어머니의 목소리가 가슴속에서 튀어 나온다. 삶의 원천이 보인다. 어머니의 말은 한결 같다. 인생살이는 그게 아니라고. 모든 삶 속에서 자신만 생각하는 건 불행을 자초하는 일이라고 했다. 서로 돕는 정신이 함께해야 행복해질 수 있다는 말이다. 생명의 소중함은 누구에게나 다르지 않다는 말은, 짐승에게도 관심을 주라는 게 어머니의 마음이다. 지금 생각하면 어머니의 뜻은 동물뿐만 아니라 자연의 숨소리도 생명으로 여겼고, 우주의 변화도 생명의 가치로 설명해 늘 사랑을 강조했던 것 같다.

오늘도 산을 오르면서 과욕으로 저지른 잘못에 대해 마음이 죄어온다. 정보 없이 증권에 손을 대 손실을 봤다. 여유로운 돈을 장기전으로 투자해야 된다는 기본을 무시하고 엉뚱한 생각을 한 자신이 부끄럽다. 겸손과 성찰의 자세로 다잡아야 할 일이라고 볼 수밖에 없고, 아프지 않고 살아 있다는 것만으로도 다행스럽다. 바로 앞에서 왼발을 질질 끌며 걷는 젊은이의 뒷모습을 보고 깨달은 바가 더욱 크다.

산등성이에 올라섰을 때 낙엽 밟는 느낌과 스치는 바람에 실없는 말까지 걸어 봤다. 바람소리에 마지막 남은 마른 잎 하나가 파르르 떤다. 골짜기 능선으로 향한다. 다람쥐 한 마리가 참나무 가지에서 정신이 번쩍 든 듯 두려운 눈으로 나를 쏘아 본다. 그런데 맞은편 나무에서 또 다른 다람쥐가 동시에 같은 행동을 취한다. 곧바로 앞에 다람쥐는 능선 아래에 있는 나무로 이동해 쳇바퀴 돌듯 하자 뒤에 쫓는 다람쥐도 신나게 갈아탄다. 쫓기던 다람쥐가 갑자기 땅에 떨어진 도토리를 확인하고 입에 문다. 다른 다람쥐가 쫓아오자 행방을 감춘다. 뒤의 다람쥐도 '네가 증권을 해서 돈 잃은 건 당연하다'는 듯 냉소적인 시선을 주고는 숲 속으로 사라진다.

늦가을 냇가에서 재잘거리며 흐르는 물소리에 귀 기울이고 야산에 피었다가지는 들꽃들의 숨소리에도 귀 기울여야 할 일이다. 인간의 도리는 관계 속에서 처신해야 된다는 원리를 안다면 더욱 그렇다.

요즈음 인간이 저지른 욕심의 피해가 하늘에서 눈물 되어 지상으로 내려온다. 우리들 시선을 어둡게 하며 내려온다.

자연에 순응해 환한 삶을 얻으려면 만물의 변화를 죽음으로 내모는 일은 삼가야 한다. 조화로움으로 영그는 활기찬 자연을 만들어 가게 하는 일에 함께 지혜를 모아야 하지 않을까.

보이지 않는 곳에서도 숨 쉬는 물질이 있는 걸 알아야 한다. 개인 집단의 자유가 확대되면서 또 다른 결함이 있는가도 서둘러 고민해야 한다. 과학의 물리적 힘이 그 충격을 줄이겠지만 근본적으로는 인간의 과욕을 버리고 확대하지 말아야 한다. 개인은 인류라는 점을 생각해 각자 공간 설계를 새 단장하고, 우주적으로 넓혀가야 한다. 닫힌 마음으로 지구촌화 접근은 '어불성설'이다.

이제 우린 늦을수록 위험하다는 각오로 우주가 큰 집이 되고, 그 속에서 조화를 이루면서 살 수 있도록 새로움을 열어 가야 한다. 아주 엷은 기운이지만 지구촌으로 사람들 발길이 일고 있는 이때를 붙들고 역풍의 바람을 막고 우주와 함께하는 길을 택해야 한다.

사람들 모두 몸과 마음에서 오는 욕심의 덫을 벗어나 해맑은 정신으로 선명한 색을 선택하고, 미래엔 푸른빛만 펼쳐지게 마음을 다스려서 실천해야 하지 않을까.

오랜만의 눈물

세상에 처음 태어나서 우는 것이 첫 번째 눈물이라면, 나는 태어날 때 울지 않은 아이였다고 한다.

손자 A가 초등학교 4학년에 올라와서 학급어린이 선거에 회장이 되었다는 반가운 소식을 듣고 응암동 전철역에서 내리는 순간이다. 갑자기 셋째 딸에게서 전화가 왔다. "아빠! 엄마가 이상하대. 언니네 집으로 빨리 와야 돼"한다. 아침에도 아무렇지 않게 집을 나선 아내였는데 의아할 수밖에 없다. 아내에게 전화를 했다. 괜찮다면서, 뭘 오느냐고 했다. 손자 A를 잠깐 만나 격려를 해주고 아내에게 가려고 전철 안으로 들어섰다. 그런데 순간적으로 눈물이 쏟아졌다. 슬픈 눈물이 나온다.

큰딸 집에 도착했을 때 아내는 이미 병원으로 옮겨지고 없었다. 가락시장 부근 서울 스카이병원에 있다고 했다. 대학병원으로 가지 왜 그 병원이냐는 말에, 딸은 신경외과 치료로 당일 진찰이

가능하고 MRI 촬영으로 결과를 파악해 조치를 취할 수 있어서 택했다고 한다.

병원에 달려가니 아내는 왜 이곳에 왔느냐고 물었다. 아들은 옆에 서 있고 셋째 딸이 아내 옆에서 불안한 모습을 보인다. 아내는 아침에 나갈 때 모습과는 전혀 다르다. 이상한 말만 반복한다. 왜 여기에 왔느냐고 거듭 내게 물었다. 당신이 조금 전에 정신을 잃어 치료 때문에 왔다고 대답했다. 셋째 딸도 같은 말을 했다. 아내는 아무 반응이 없다.

알 수 없는 세계로 깊숙이 빠져 들고 길을 잃은 듯, 공황 상태로 빠져든다. 병원 의사의 예상은 아내의 병명이 최악으로는 치매나 뇌출혈일 수 있고, 가장 가볍다면 일시적 충격에서 오는 기억상실로 본다는 진단이다.

아내는 MRI A 촬영으로 검사실로 들어가기 위해 반지와 귀중품을 내 손에 건네준다. 한 시간가량 검사가 끝난 후 대기실로 옮겨졌다. 잠시 후 진료실 호출이 온다. 다행히 뇌 손상은 없고 일시적 충격이라고 한다. 하나님께 감사를 드렸다.

처음 발병의 시작은 아내 바로 밑의 동생과 전화 통화를 할 때였다. 환자인 막냇동생이 영락교회에서 운영하는 요양원에 가는데 자매들도 함께 가려고 약속 장소에 모이기로 했다. 큰 처제가 아내에게 전화하여 "모두 기다리고 있는데 왜 안 와?"라고 물었더니, 가고 있다는 말은 없고 이상한 말만 연거푸 했다고 한다. 그때 처제가 이상한 느낌으로 큰딸에게 연락했고, 또 큰딸은 셋째 딸에게 전화했다. 그 딸이 결국 내게 전화한 것이다.

아내는 막냇동생 걱정을 요즘 많이 했다. 처제가 2년 전 위암으로 수술 받았는데 최근 검사에서 재수술이 불가능한 상태여서 몹시 괴로워했다. 더구나 처제 둘째아들 결혼이 3개월 남았는데, 그 전에 죽는다면 그 결혼은 1년 후로 미루게 된다. 아내가 그 처제를 업어서 딸처럼 키웠는데 나이 60도 안 되어 죽는 게 슬프다고 틈만 나면 한탄했다. 아내는 처제를 걱정하다가 결국 일이 생겼다.

밤 8시경 집에 올 때도 "왜 벌써 밤이 된 거지?" "아이들은 어떻게 이곳에 온 거지?" 라며 반문한다.

큰사위 차를 타고 가면서 아내에게 "이젠 그 동생 일은 접어. 당신 큰 병 얻어. 자식들 귀찮게 하면 더 큰 걱정인 걸 알아야 돼."라고 했지만 아내는 인정하려 들지 않는다.

그동안 아내에게 너무 무심하게 대한 것 같아 마음이 아프다. 이제 함께 이 세상을 정리할 일만 남았는데, 현실에만 얽매여 살고 있었다는 생각이 아픔으로 다가오면서 슬픈 눈물이 쏟아진다.

2

현실의
벽을 허무는
일

내 얼굴에서 본 삶

둑에 앉아 바다를 바라본다.

파도에 떠가는 배를 보니 지난 삶이 떠오르고 그 길목마다 길이 있었던 걸 생각한다. USB를 쥔 손을 내려다본다. 여기에는 작품마다 색다른 내용들이 들어 있다.

오늘 고향마을 바닷가를 찾은 건 작년과 크게 다르지 않다. 매년 한번 이곳을 찾는 건 나와의 약속이다. 바다를 바라보면서 약속한 사실들을 수정할 건지 현재대로 둘지 확인하기 위함이다. 또 살아온 날들을 내 얼굴에서 찾고 위선과 사실 확인을 되돌아보고 싶어서다.

나는 착하다는 말을 많이 들었다. 사실은 능력이 부족한 거지 착하다고만 볼 수 없다. 마음에선 욕심을 버리지 못했는데 그게 어떻게 착하다고 할 수 있는 것인가. 성장과정에서는 마음도 착한 모습을 담으려고 했지만 주위에서 그대로 두지 않았다. 살기 힘들어 과감하게 떨쳐버리지 못하고 오히려 얽매어 살았는지도 모른다. 그런데 불편을 참은 게 도움이 된 건 사실이기도 하다.

요즈음 아낀 돈이 내게 조금 있다. 그 돈을 어려운 이웃에게 베풀고 싶지만 능력 없는 내가 오래 살게 된다면 어떻게 살는지 답이 없어 망설일 수밖에 없다.

최근엔 내 모습이 그런 욕심으로 변한 것 같아 거울을 보지 않을 때가 많아졌다. 옛날엔 거울에서 내 얼굴을 자주 보았다. 이젠 세수할 때 한번 보는 게 전부고 그때마다 찡그린다. 그래서 생각해낸 것이 마음의 얼굴이고, 눈을 감으면 나타나는 얼굴은 그런대로 부끄럽지가 않다.

오래 전에 쓴 「선율의 대결」이란 글 첫머리가 떠오른다. 힘든 삶을 말할 때 인생을 돛단배에 비유한 일이 있다. 모든 삶이 녹록치 않은 것처럼 내 삶도 끈질기게 배 위에서 허우적거린 게 사실이다. 병마로 인해 꿈의 날개를 꺾고 자살까지 생각할 만큼 힘든 때를 기억하면, 마치 누가 나를 배 위에서 바다로 밀어내는 기분을 느꼈다. 파도 너울이 바다 위로 솟구치는 순간 이를 악물고 떠 있는 배를 움켜쥐고 손에 닿는 뱃머리를 긁어대며 죽기를 사수한 기억이 못 박혀 있다.

겨우 살아난 내가 새로 출발을 준비할 땐 외형적인 얼굴을 지우고 내면의 얼굴을 만들어 삶을 펼쳤다. 환경에 현명하게 대처한 방법이 지금의 나를 있게 했다는 생각이다.

내 목표인 70세를 넘겼다. 이제 마무리할 일만 남았다. 괴로움을 극복한 데서 오는 그런 즐거움만 있었던 것 같다. '인생은 항해하는 배와 같다.'는 말에 낡은 배를 접고 엔진 단 튼튼한 배를 준비하기 위해 사투로 일관했다. 세인들이 휴식 취하며 불나비처럼 즐거워할 때 다른 공간에서 절약하며 인내했다고 할 수 있다.

처음엔 엔진 단 배를 띄울 수도 없었고, 지금은 그럴 필요를 느끼지도 않는 것은 다시 되돌아갈 수 없는 종착역에 와 있기 때문이다. 보수하며 전에 달았던 엔진으로 종점까지 가고 싶다. 모든 걸 운명에 맡기고 남은 길을 가야만 한다. 이제 자신의 힘으로 부끄럽지 않게 마무리를 해야겠다는 사실만 남아 있다.

아직 끝나지 않은 상태에서 유언은 성급하지만 운명은 모르기에 오늘을 기점으로 이런 말을 해두는 것이다.

지금까지 살아온 과거를, 배 위에서 파도와 싸우며 종착지로 가는 모습으로 설명했지만, 결국 힘들게 살다가 생을 마감하는 듯싶어 그렇게 표현했을 뿐이다.

이제부턴 후회하지도 않고, 남아 있는 삶은 행복하다고 자손들에게 말하고 싶다. 필요한 일에만 집중하고 의지와 인내로 지혜로운 삶을 살면 운명은 그걸 받아 준다는 사실을 알리고 싶고, 수필집을 보면서 자신을 되돌아보며 탄탄한 삶을 살다가 부끄럽지 않게 생을 마감하라는 뜻을 전하고 싶다.

똬리처럼 돌돌 말린 사고의 가치를 환경에 적응해서 내 의지를 담고, 노력한다면 자기중심의 공간이 생기고 행복해질 거라 생각된다. 행복은 물질보다 마음에 두면 편하다. 사람들이 물질에 치우치는 건 진정한 행복이 될 수 없다. 그건 행복의 조건일 뿐이다.

삶은 간단하지 않다. 하나의 길로 되어 있지 않고 복잡한 선에 얽혀 있다. 그걸 잘 풀어나가는 게 삶이다. 현재의 위치를 이해하고 현명한 판단을 내려 그 길로 나서야 한다.

정년 후 준비한 생각과 행동들은 마지막을 위해서란 게 지금 내 얼굴에서 보는 삶이라고 말하고 싶다

아픈 기억

교장 퇴임 직전에 문집에 올릴 특집으로 교사와 인터뷰를 한 일이 있다. 가장 행복한 순간을 말하라고 할 때에 교장인 나는 "딸만 셋을 낳고 포기했다가 아들을 낳았을 때 참 기뻤다."고 했다.

그런데 자신을 가누지 못하도록 가슴 쓸어내릴 정도의 아픈 기억이 있는 것은 왜일까? 자녀 넷 중의 맨 밑으로 둔 아들 이야기다.

동두천 D초등학교에서 근무할 때였다. 잠자리에 들었는데 동두천 서울병원에서 전화가 왔다. 한집에 사는 진아 엄마가 아내에게 분만기가 있자 함께 병원에 가서 내게 전화를 한 것이다.

"오 선생님! 애기 순산했어요." 한다. 나는 대단지 않게 "그래요."하고 무심결에 대답을 했다. 수건을 가지고 와달라는 이야기다. 난 우울한 마음으로 수화기를 들고 있었다. 그때 진아 엄마가

"애기, 궁금하지 않아요? 아들이에요." 한다. 그때서야 눈이 번쩍 뜨이면서 "정말이에요?" 했다. 아들은 내게 처음으로 즐거움과 편안함을 주었고 학교생활도 즐겁고 보람 있게 해 주었다.

그런데 태어난 지 몇 개월 안 되어 아들 몸에 이상이 생겨 몹시 아파했다. 몸 전체가 얼음같이 차가웠다. 내 가슴도 몹시 차가워졌다. 네 정거장 거리의 서울병원에 아픈 아들을 안고 단숨에 달려갔다. 눈앞에 아무것도 보이지 않고 다만 아들이 깨어나기를 바라며 달린 것 같다.

그 후 어릴 때부터 공부보다는 태권도 같은 운동을 잘할 것을 권했다. 그것은 아들 건강의 원인도 되지만 내가 고등학교 때 깡패에게 매를 맞고 살았던 기억이 한몫을 했던 것 같다. 자식만은 활기차게 살도록 하기 위함이었다.

연천에서 교사로 근무할 때 기록한 일기가 있어 당시의 일을 떠올려 본다.

1984. 4. 5(목) 맑음

오후 4시쯤 쌍문동에 있는데 전화가 왔다. 길음동 처갓집에 간 아내의 전화다. 아들이 갑자기 없어졌다는 내용이다. 엄마와 같이 다니다 없어진 것이다. 2시간이 지났는데도 못 찾았다는 전화만 계속 온다. 초조하고 두려운 생각만 들고 예상외의 일들이 떠오른다. 절박한 상황이 자신을 깊게 묻어버린다. 나는 어떻게 해야 할까? 마치 어떤 변화가 온 것처럼 깊은 수렁으로 빠져 들어간다. 이번에는 옷을 입고 파출소에 가서 신고해야 되겠다는 생각이 들었다가 다시 앉기를 반복했다. 한참 초초해 하는 순간에 아들이 나타났다. 미아리 서라벌고등학교 근처에서 집까지 걸어왔다고 한다. 이제 안심이 된다.

그 날의 일기 중간 내용을 그대로 옮긴 것이다. 왜 걸어갔고, 어머니에겐 말하지 않고 혼자 걸어 왔는지는 기록이 없고 떠오르지 않지만 공교로운 일인 것만은 사실이다. 작년 이때쯤 장인 추도식 날 저녁에 행사가 끝난 후 처제들이 자가용으로 각자 자기들 집으로 떠나가고, 나는 큰딸에게 우리는 큰 차를 타고 가자고 했다. 딸은 이모들이 승용차로 가는 모습을 보다가 아빠 엄마의 손을 잡더니 걸어서 가자고 했다. 길음동 처갓집에서 쌍문동 집까지 말없이 걷던 기억이 있어 아들에 대한 행동이 무척 혼란스럽게 여겨진다. 내가 잡초처럼 키운 영향 때문인가 싶기도 하다.

아들은 승부욕이 매우 강하다. 선천적이라기보다는 가정형편이 어려워 그렇게 컸는지 몰라도 경쟁심이 강하다. 한번은 지하실 연탄 창고에 갔다가 깜짝 놀랐다. 아들의 딱지가 큰 포대로 세 자루나 있었다. 나는 말리기는커녕 속으로 기뻐했다. 유치원 다닐 때 국기원에서 1품 심사를 할 때다. 비슷한 아이가 아니고 큰 아이와 겨루기를 하는 데도 두려워하지 않는 걸 보고 가장 기쁜 하루가 된 것도 잊을 수 없는 추억이다.

지금은 그 아들이 커서 두 아들을 둔 아버지가 되었다. 큰손자 A는 나한테는 장손이다. 그가 지금은 초등학교 3학년이지만 워싱

턴에 3년 동안 산 덕에 영어실력이 대단하다. 대입수능 영어시험 지를 컴퓨터로 출력하여 말하기 듣기 17문제를 풀어보도록 했는 데 평가 결과 다 맞았다. 물론 미국학교에서도 영재 반에 공부한 아이라서 잘하리라고 생각했지만 고3 평가 문제지를 다 맞추었다 는 것은 대단한 실력이고 내 마음을 흐뭇하게 했다.

며느리도 어려운 일을 해냈다. 카이스트를 거쳐 박사학위 후 에 미국 국립보건원에서 4년 동안 연구원으로 근무한 후, 서울대 학병원 신경외과 진료교수로 발령을 받았다.

아들이 휴직하면서까지 아내와 자식을 위해 노력한 결과가 큰 변화를 가져온 것이다. 그걸 보면서 모두에게 고맙고 잘 못해 준 나는 부끄러울 뿐이다. 그런데도 아들은 나를 끔찍하게 생각한다. 워싱턴에 함께 살 때 신발도, 옷도 좋은 것을 사주려고 했지만 나는 거절하고 편안한 신발과 티셔츠만 선택해서 지금도 잘 입고 있다.

살아오면서 느끼는 것 중 가장 가슴 아픈 일은 아들이 고등 학교 때 일인 것 같다.

당시 아들은 학생간부이고 우등생이어서 학교후원금에 동참했 어야 하는데 생활이 넉넉지 못해 학교에 기부하질 못했다. 그때 담임선생에게 심한 압박과 고통을 당했다는 집사람 이야기가 가 슴을 너무 아프게 한다.

그 후부터 돈에 대한 애착이 강했고 지금 경제적으로 여유롭지 는 못해도 필요한 일에는 궁색하지 않은 이유가 다 아들의 아픈 기억 때문인지도 모른다.

헛기침

과거에 경험한 것 중에서 남의 집을 방문할 때 자신을 알리기 위한 수단으로 헛기침을 할 때가 있다. 하지만 나는 자신을 위로하기 위한 수단으로 사용해 왔다.

20대 초 폐결핵 말기환자였던 나는 그렁그렁 매달리는 핏덩어리가 무섭고 두려울 때 헛기침을 하는 방법 외는 대안이 없었다. 빠르게 두려움이 찾아올 때도 그랬다. 객혈의 핏덩어리는 눈의 망막과 가슴을 짓밟고 어떤 의식도 할 수 없게 만든다. 안간힘을 다해 삶을 얻으려고 애써 보았지만 한계를 느낀다. 가쁜 숨을 고르게 보듬어 볼 뿐이다. 팽팽한 긴장감이 숨죽인다. 침묵의 헛기침을 하여 무던함을 보이려 해도 내려앉는 가슴속 맥박의 멈춤은 초조와 공포가 가속으로 닿아 무서운 충동을 일으킬 뿐이다. 뒷받침할 대안이 없다. 마음은 오직 한곳으로 집중되고 자신은 버려진 존재인 양 공포감으로 뒤덮인다.

심장이 멈추는 듯해 마음을 안정시켜도 끝은 보이지 않고, 죽음의 전초전이 열리면서 현실의 마지막 공간처럼 한 개의 점으로 멈춰 선다.

추운 겨울바람이 칼처럼 온 몸을 휘감아도 아랑곳하지 않고 앞만 가린 반바지 차림으로 산을 헤집고 다닌 걸 보면 짐작이 가지 않는가? 지금은 기억하고 싶지도 않다.

그 헛기침 중에 기억하고 싶은 추억도 있다. 교감으로 연천 지역에서 근무할 때 교장 승진과 관계되는 7차 교육과정 연수기회가 주어져 국어분과 전달 연수자로 연수를 받은 일이 있다.

국어분과 203호 강의실 중앙 세 번째 줄은 다른 의자보다 높아 강의 듣기에 매우 유익했다. 그 의자를 점유물로 강의에 참여했다. 하루는 옆에 앉은 여교사가 "다음날은 내가 일찍 와서 그 의자에서 수업을 받아도 되지요." 한다. 나는 대답하지 않았다. 평소와 같이 2시간 일찍 와서 의자에 앉아 전날 수업 정리를 하는데, 그 여교사는 겨우 30분 일찍 와서 벌써 왔느냐고 호들갑을 떨었다. 관내에서 특별활동 분과로 배정받아 함께 온 B장학사는 시간을 절약하기 위해 인천교대 근처에 여관을 정하고 녹음기를 동원해 강의 수록 후 복습 준비를 한다는 말에도 난 묵묵히 자신을 달래가며 강습에 임했다.

그런데 그 헛기침의 위로가 내겐 큰 선물이 되었다. 520명의 연수생 중에 1등을 했다. 연수 점수가 좋아 다음해에 결정적으로 교장 발령을 받은 일은 잊을 수 없는 기억으로 남는다. 그 일은 내 삶의 활기를 준 사건이기도 하다. 어떻게 보면 그것들이 내 삶을 연장하기 위한 위로의 수단이 되기도 했고, 성취를 위한 방법이 된 것도 사실이다.

이젠 또 다른 욕심으로 접근하고 싶은 게 요즈음 고민이다. 교단에서 정년 후 글을 쓰겠다는 생각은 하지 않았다. 우연한 기회가 되면 그 동안 발표한 글과 아동 글짓기 심사위원을 하면서 찾아 낸 우수작품을 보관한 것이 있어 편집을 해 자녀들 교육 자료로 활용하겠다는 생각은 했다. 그런데 작가로 활동하는 친구가 더 연장해서 글을 쓰고 후에 발표하라고 권고해 시작한 게 또 다른 욕심으로 발전했다. 나는 그곳에서도 가치 있는 글로 남기를 바라고 노력하지만 이번엔 쉽지 않은 고민을 해야 한다는 걸 실감한다.

이젠 많은 수필이 모였지만 바로 작품집을 발간하고 싶지는 않고 오히려 조심스럽다. 주변에 많은 작품을 보면서 얼굴이 일그러지는 작품들도 있고, 나도 예외가 될 수 없다는 고민에 휩싸인다. 작품에 향기가 부족해도 나름대로 인정받는 작품이어야 한다.

이젠 시간이 필요하다. 그런데도 서두르고 싶은 마음은 어쩔 수가 없다. 죽기 전까지 느슨하게 해결하겠다는 마음은 있지만 운명을 모르기 때문이다.

이 수필집은 자녀들에게 전하는 유언장이기도 하지만 우리 사회가 보다 밝고 명랑하게 살아가는데 보탬이 되는 글이 되었으면 하는 바람이 있다.

지금 사회는 욕심이란 줄다리기가 한참이다. 물론 그것들이 좋은 점도 있지만 불편한 점도 있다. 투명한 공간에서 보면 선명하게 보인다. 감추고 억압하고 말살하려는 게 문제다. 21세기는 문화의 발달로 많은 사람들이 그대로 보고만 있지 않는다. 잘못을 꾸짖고 응징한다. 자연스런 바람이 응원해 준다. 피해를 주기 때문에 받아들이지 않겠다는 대안이 나오고 있다. 그런데도 고집스런 욕심들이 기득권을 유지하기 위해 안간힘을 다해 불나비처럼 뛰어 든다. 그걸 사람들이 심판하는 걸 소홀히 생각한다면 큰 화를 면하기 어려울 것이다.

　우리 국민들이 고민할 점은 지나친 개인의 욕심과 지역감정의 휘말림이다. 그걸 떠나면 다른 갈등은 쉽게 풀린다. 그게 삶의 정신적 과학임을 깨달아야 한다.

　피곤한 잡소리 집어 치우고 너나 잘하라고 질책할 사람도 있다. 그 사람 말도 맞고, 인정하고 싶다. 난 각오가 되어 있는데 사회는 좀처럼 열리지 않는다. 이유는 무얼까? 서로 관심을 떠넘기고 상대방에게만 요구하기 때문이다. 인간의 마음을 삭히지 않고는 지구가 정상적으로 돌아갈 수 없다. 개인적 삶의 자유는 제한적이지만 우주적 삶은 무한하다. 상대방을 배려해야 큰 자유가 있다는 사실을 받아들이도록 하자. 좁은 공간의 욕심을 털고 큰 틀에서 모두 함께 고민할 때 행복한 삶을 누릴 수 있지 않을까?

　난 지난날 병마에서 힘들어 할 때 자신을 위로하기 위해 헛기침한 사실을 잊을 수가 없고, 또 나이든 교감이 교장 승진을 위해

연수성적을 올리려고 속으로 삭힌 마음의 위로는 정말 잊을 수
없다.

　그런 심정으로 무언가 버리고 싶지 않아서 글로 쓰다보면 부질
없는 내용으로 그치고 만다. 허지만 여전히 쓰고 싶어진다. 세인
들이 무관심하게 봐도, 나는 하나의 큰 뜻이 되기를 바라고 헛기
침하며 토하고 싶은데, 앙금만 남는 것 같아 씁쓸하기만 하다.

빨간 장미와 N밴드

    오랜만에 받아보는 제자 U의 편지에서 생각지 않게 N초등학교 3학년 때 귀여운 모습들이 보인다. 교실 맨 앞자리에 앉아 초롱초롱한 눈으로 공부하던 아이들이 저녁때면 내가 거처하는 사택 앞에서 숨바꼭질하며 놀았다. 같은 반 남자아이 D는 폭력문제로 힘들었던 아이여서 더 생각이 난다. 교정의 빨간 장미와 밴드 소리의 아름다움이 하모니를 이루어 불화산처럼 타오른다. 그 아이들과 그 시절의 그리움이 되살아난다.

    N초등학교의 아침은 너무나 조용하고 공기가 맑아서 며칠을 입어도 흰옷이 깨끗하다. 그러나 저녁이면 어김없이 대남 방송이 들려오는 민통선 바로 밑에 있어 불안감과 함께 분단의 아픔이 피부로 와 닿는 곳이기도 하다.

    산은 철책 선으로 둘려 있고 '지뢰 매설'이라고 쓴 붉은 글씨의 팻말이 있다. 산골자기마다 불쑥불쑥 튀어나 있는 구멍에는 으스스 한기마저 들었다.

　N초등학교는 3학년 이상이면 누구든 밴드부에 가입하는 게 의무사항이다. 3학년과 4학년은 2진으로 후보였고, 5학년과 6학년은 주전으로 활동했다. 특히 2진 선수들은 악기를 집에 가지고 가서 밤늦게까지 연습해야 한다. 밤 10시를 넘기기 일쑤였다. 그럴 때면 칙칙한 대남방송이 잡음을 일으켜 더 크게 나팔을 불어대야 했다.

　말썽부리던 D도 3학년이 되어 밴드부에 들어가야 했는데 그에게는 큰 북을 주었다. 처음에는 북을 치지 않고 장난이나 하고, 쉬는 시간이면 전과 다름없이 약한 아이를 괴롭히곤 했다. 심지어 고무줄에 칼을 달아 여학생들에게 휘두르기도 했다.

　나는 D를 조용히 교실로 불러 그의 잘못됨을 차근차근 예를 들어 주긴 했지만 주로 좋은 점을 말했었고 남을 괴롭히는 행동만 고치면 된다고 단단히 부탁했다. 그러나 그 후로도 D에게는 변화가 없었다. 오히려 잘못하는 횟수가 늘었고 다른 학부모까지 찾아와서 선생님의 학습방법에 문제가 있다면서 항의했다.

　나는 고민에 휩싸였다. 올바른 인성교육에는 방법이 여러 가지가 있겠지만, 나는 내 뜻을 굽히지 않았고 참으면서 D가 변화되기를 기다렸다.

　어느 날 D가 같은 반 여자아이를 크게 다치게 하여 병원에서 치료를 받는 일이 벌어졌다. 내 마음은 타들어 갔고, 매를 들어 가르치고 싶었지만 꾹 참았다. 그 여자아이의 아픈 심정을 D 자신이 느끼도록 설득하고 치료비도 해결해 주었다.

나는 D에게 올바른 즐거움에 대해 이야기하고 기다려 주기로 하였다. 상대방을 괴롭히는 즐거움은 옳지 못하고 상대방을 돕는 즐거움이어야 한다는 것을 설명하고 "너는 북을 쳐서 많은 사람에게 즐거움과 행복을 주도록 하라."고 당부하는 걸 잊지 않았다.

그 후로 D는 열심히 북을 쳤다. 약한 아이를 때리는 나쁜 버릇도 서서히 줄어들더니 시나브로 없어졌다.

N초등학교의 하루는 아침 8시면 어김없이 흘러나오는 밴드부원들의 악기소리로 시작된다. 수업결손을 막기 위해 6학년 수업이 끝난 뒤 오후 3시부터 5시까지 연습을 한다. 그럴 때마다 세종대왕 동상 앞 빨간 장미와 어우러진 악기 소리들이 강하게 울려 퍼진다.

N초등학교 밴드부는 관내 주요 행사에는 빠짐없이 출연했다. 전국 경연대회에서 당당히 실력을 겨루어 1990년도 전후에는 매년 금상, 은상을 차지하였다.

말썽쟁이 D가 주전으로 활동하던 그 해에 5월 5일 어린이날 '서울 정도 600년'을 기념하여 청와대 뜰에서 열린 '북악 어린이 한마당'에 초대되어 연주하였다. 올림픽공원 펜싱경기장에서 열린 '제3회 전국 종합예술제'에도 참가하여 브라스 밴드부문 연주에서 대상과 함께 우승기를 차지하였을 때 D의 상기된 얼굴은 말썽 부리던 때와는 전혀 다른 모습이었다.

시원한 바람이 파랗게 물든 포플러 잎을 흔들고 있다. 이제는 N초등학교 현관 옆 세종대왕 동상 앞의 빨간 장미들은 눈을 감아야만 나타난다. 오늘도 밴드부 연주소리에 D의 폭력적 행동을 잠재웠던 북소리는 이곳 서울 미아동 북한산 아래로 들려오고, 제자 U의 편지에 묻혀 70대 노객의 마음속으로 스며들어 그들의 화려했던 대회의 모습들이 빨간 장미와 함께 훨훨 타오르고 있다.

당선 소감의 의미

성취의욕에서 오는 자아실현이 소중한 것처럼 꿈을 위한 당선도 같은 맥락으로 여겨져 그 부분을 생각해 보고 싶다.

요즈음 몸이 아플 때마다 자신과의 약속이 좌절되면 어쩌나 하고 생각이 가슴을 무겁게 짓누른다. 말만 앞세우다 가는 건 아닐까. 시간이 충분하면 여유롭게 꿈을 펼치겠는데, 지는 해는 그 순간이 훨훨 타오르면서 사라져야 하므로 잘못하면 안타깝게 될 수도 있겠다는 생각 때문이다. 뒤늦은 당선에 변명하려는 게 아니고, 당선 소감의 의미를 어떻게 실천하겠는지 확실히 해 두자는 말이다.

수필 등단도 뒤늦게 출발했지만 이제는 한 권의 수필집이 가능한 것에 만족한다. 질적 면에서 미흡하지만 불만스럽게만 여길 이유는 없다. 좌절은 없다는 신념으로 길을 열어 가면 눈은 걱정해도 손이 끈기를 갖고 모든 에너지를 한 곳에 몰입시켜 최선을 다하면 성취감을 얻을 것으로 본다.

소설 당선 소감에 밝힌 내용처럼 아침 동산에 뜨는 햇빛이 환하면서 강하게 보이는 건 사실이다. 하지만 석양도 다른 자태로 보면 다양하게 마음을 흔드는 요소가 있다는 걸 보이면 된다. 다만 단편적인 사고는 가능하지만 합리적인 사고를 걸러 내기는 시간이 필요하고 작은 공간을 세심하게 다루는 것에 문제가 있겠지만 새로운 각오로 노력하면 나름대로의 길은 열린다고 생각한다.

교단에서 쓴 글을 책으로 만들어 자녀들에게 남기려다 지금 수필, 소설에 등단한 건 진정한 보람으로 알고 더 연장해서 할 수 있다는 결심을 얻었기 때문이다. 건강이 허락하는 한 사고력에 대해 고민을 하면서 남은 기간 동안 글을 쓴다는 게 바로 당선 소감의 책임을 지키는 것이 아니겠는가. 다만 중요한 것은 밀도를 높이고 향기 있는 글이 되도록 원만하게 잘 나타낼 것인가에 대한 질문이다. '좋은 문장은 여러 날 고민해도 한 줄의 문장을 얻기가 어렵다'는 현재 상황에서 어떻게 마무리할 수 있겠느냐는 말이지만 현명한 방법을 찾아 고민하면 답은 그곳에 있지 않을까 싶다.

현재 입장에서 사실에 존재하는 본질을 꿰뚫고 개연성과 진실성에 초점을 두고 최선을 다하면 그뿐이다. 문제는 문장의 밀도에 있지만 독자의 시선에도 있고 시간과 공간의 오차에도 있다. 독자가 누구냐에 따라 인정하거나 외면당할 수도 있다. 그건 독자의 선택이지 작가의 고민으로 연계할 이유는 없다. 합리적인 사고라도 모두에게 시선 집중은 되지 않는다. 사람은 아주 정밀한 개체로 형성되어 있으므로 전체적으로 받아주는 화합은 어렵고 많은 사람이 이해하면 성공이다. 이젠 시간이 부족하다거나 변명을 해서는 안 된다. 오직 실천하는 일뿐이다.

당선 소감은 순간적 기쁨을 표현하는 뜻도 있겠지만 앞으로의 각오를 어떻게 실천하겠는 지의 의미 또한 매우 중요하다.

난 이제 작품의 끈을 간직하고 살면서 고뇌하고 싶고, 그 결과를 실천하면서 사는 날까지 좋은 모습을 보이고 싶다. 그 후엔 운명처럼 죽음을 맞이하면 되는 거다. 석양의 붉은 노을을 떠올리며 마음을 내려놓으면, '내가 당선 소감의 의미를 다하는 게 아닌가?' 싶다.

수필이 갖는 현실성과 상상력

　나뭇가지에 매달린 참새 한 마리가 아이들 고무총에 맞아 땅으로 떨어지는 순간에 오는 의미는 감정이다. 계곡에서 적으로 만난 두 사람의 혈투가 시작되고 상대방이 휘두른 칼에 피를 토하며 쓰러지는 모습을 볼 때의 강한 얼얼함은 같은 느낌일 것이다.

　이런 현장을 간단하고 적절하게 표현해낼 수 있는 건 바로 수필이 갖는 현실성에 의미를 두고 싶다. 시에서는 단순해지기 쉽고 소설은 속성상 긴 문장이 필요하므로 시간에 장애가 되지만 수필은 체험을 통해 그 부분의 양면성을 보완할 수 있다. 단검은 순간 동작이 날렵하지만 접근성이 어렵고, 대검은 상대방의 빠른 손놀림을 제압하기 어려운 약점이 있어 그걸 보완하는 중간의 검이 바로 수필이라는데 의미를 두고 조명해 본다.

　시는 산뜻한 마음으로 다가오나 환상일 뿐 건져지는 알맹이가 없고, 소설은 눈과 가슴으로 의미를 담지만 긴 시간이 필요하다.

요즘 사람들은 시대 변화에서 현실로 접근하는 경향이 매우 높다. 삶을 우선한다는 의미다. 자연에서 자신이 갖고 싶은 습성을 취하며 길을 가고 싶어 한다. 서로 같거나 다른 공간에서 만나도 자신에 맞은 이치를 얻고자 한다.

패턴을 잘 활용하여 마음을 넓혀가고 현실에 가깝게 삶을 열어가는 경향이 있다. 여기서 시는 정면으로 내꽂는 내용 표현이 있지만 깊이를 높여야 하는 한계를 갖는다. 소설은 외벽을 타고 주위를 맴도는 실체로 보이지만 현장에서 정면으로 승부하는 수필보다 현실성이 떨어진다. 주변의 이미지도 선명해 보이지 않을 때가 많다. 감각도 늦고, 그것을 뒷받침하기 위한 설명으로 많은 시간이 소요되므로 가까이 가기가 머뭇거려진다. 단적으로 소설을 가까이 하거나 소설가가 되고자 하는 숫자가 적어지는 이유가 여기에 있다.

수필은 형식의 벽 앞에서 당당하고 생동감이 빛난다고 본다. 초연한 자세가 있고 쉽게 갈 수가 있다. 시나 소설도 다른 특색을 지니고 있지만 나는 오히려 수필의 매력에 빠져서 즐겁기만 하다. 이제 수필은 시와 소설의 단점을 보완하면서 새 길을 찾아 나서야 할 때다. 시나 소설은 오래 전부터 개발되어 이제 그 속도가 더딜 수 있지만 수필은 다르다. 조건이 편리해 접근하기 쉽고 개발이 확대되므로 시대적으로 더욱 요구된다. 또한 일상생활에서 가장 많이 필요하다. 긴 문장을 요구하지도 않고 많은 시간도 필요 없다.

시나 소설에서 저변확대가 되지 않는 이유는 조건의 어려움에도 있다. 하지만 수필은 현장에서 만남, 이별의 상황 변화를 바로 느끼게 하고 누구나 현실을 필요로 하기 때문이다. 인간의 행동은 현실에서 시작되어 추억으로 간다. 그걸 확실하게 보여주는 게 수필이 해야 할 일이다. 어떤 공간이든 쉽게 들어가고 또 자기 모습을 선명하게 보여 주고 있지 않은가. 수필은 현실을 직시하면서 시선을 집중시키는 일도 순간 동작으로 가능하다.

다음은 수필의 상상력을 개발해야만 한다. 수필은 상상력을 통한 인식의 깊이를 끌어 올려 생동감 있는 내용을 담아야 할 필요가 있다. 흥미를 갖도록 항상 새롭게 단장하고, 집요하게 세세한 부분을 남다르게 보여 주어야만 한다. 이는 탄탄한 문장과 세밀한 구성으로 내용을 몰입시켜 작품의 수준을 높이는 일이다. 수필은 체험을 바탕으로 상상력을 동원하면 수많은 자료들을 찾아 낼 수가 있다. 상상력을 통한 창의력이 동반되지 않고는 작품의 수준을 끌어올리기가 매우 어렵다. 여기에 수필문학이 고민할 대목이다. 수필은 시간과의 관계에서 체험의 상상이다.

베이컨은 '상상은 사실에 얽매이는 일보다는 사실을 변형시켜 필요한 일에 몰입해서 밀도 있는 감동을 주는 것'이라고 했다. 상상은 나타내고자 하는 대상에 의미를 동기 부여하는 노력이라고 본다. 변증법에 접근된 인식 작업이라고 볼 수 있다. 경험을 따르기보다는 개념 분석을 한 후 사리를 하나 둘 파악해서 이치를 찾는 헤겔의 철학도 같은 맥락의 의미라 볼 수 있다.

수필 창작에서 상상은 새로움이고 신비로움이다. 어느 분야보다 강력한 동력의 이유가 여기에 있다. 창작과 상상과의 관련을 살펴보면, 시는 시선이고 소설이 허구라면 수필은 체험을 떠올린다. 문학과 예술은 어떤 의미로든 생각의 단계를 밟아갈 수밖에 없고, 그 상상이 수필에서는 체험을 거쳐 설정된다. 수필은 체험을 통한 상상의 문학이라고 보면 된다. 이는 새로운 것에 대한 꾸준한 노력이 있어야 하고, 보다 큰 관심으로 유추해 내야만 실천이 가능하다.

상상의 대상은 사람을 포함한 생물과 무생물, 우주 공간으로 들어가 높여 주어야 한다. 이는 이미지를 재구성하는 미적 활동이며, 문학의 상상력은 삶의 토대 위에 무한하게 다각도로 널려 있다.

수필은 새로운 관찰을 통해 보이지 않는 시공까지 꿰뚫어 보는 예민함이 있어야 한다. 상상력은 낯설고 힘들지만 새로운 작품을 만들어 내는 초석이 되고 있다. 문장의 숙련도에 앞서 그가 내보인 꾸밈이 감동을 준다는 것에 주목해야 할 것이다.

이제 수필은 시간이 갖는 현실성과 함께 무한한 상상력을 찾아 나서야 한다. 사건 내용이 형상화되어 감동을 주기까지 상상력의 밀도를 높여야 만 우수작이 된다는 것은 선택의 여지가 없다고 본다.

흥미로운 소재를 담은 문장력이 바탕이 되고, 집요하게 세세한 부분을 날카롭게 찌르는 서술이라면 사람들의 눈은 그곳으로 다가가지 않을까?

수필에서 독자의 마음을 미묘하게 흔드는 원동력은 현재라는 시간과 상상력이라고 말하고 싶다.

현실의 벽을 허무는 일

선택의 여지가 없는 죽기 전 상황에서 생명을 지키려는 결연한 한 여자의 모습을 보았는가?

자신의 존재는 버려지고 앞이 보이지 않은 채 삶의 의미가 한꺼번에 빠져나가는데, 되돌아 볼 여유도 없이 아픔일랑 머리에 이고, 달리고 싶다는 처제의 긴박한 목소리가 들리던 때다.

셋째 처제 이야기다. 만 59세의 나이로 위암 말기에 암 수술을 받은 후 1년 이상은 크게 걱정하지 않았다. 어느 날 갑자기 심한 통증으로 재수술을 원했으나 몸 전체로 암이 번져서 오직 운명을 받아들이라는 의사의 진단을 받았다. 그 처제가 고통을 참는 순간 죽음을 느꼈고, 정작 아픔이 숨쉬기 할 때는 그래도 살겠다고 무척이나 애원한다. 분명 정답 없는 현재는 후회뿐이란다. 욕심을 접고 달팽이처럼 느릿느릿 걸어갈 걸 한탄했다. 앞이 보이지 않게 쏟아지는 빗줄기 앞에 방향을 잃고 서있는 기분이라고도 했다.

추억의 신경전이 현재의 갈등과 함께 머릿속을 까맣게 물들이는 순간이다. 언 땅을 헤집고 나온 새싹을 볼 수도 없고 모진 북풍에 핀 매화는 죽은 후나 보겠지만, 현실의 환상을 놓지 못하는 이유를 처제는 이렇게 말한다. 바로 둘째아들 G의 결혼식 날, 아직 3개월이나 남아 걱정되지만 그 날만은 꼭 기다려야 한다는 것이다. 살아서 결혼을 성사시켜 주는 의미도 크지만 만약 초상으로 그 결혼식이 1년 후로 미뤄지면 또 다른 상황이 올지도 모르기 때문이다.

큰아들 D와도 할 말이 많다고 한다. 자신의 마음을 말없이 수용하고 귀 기울여 온기를 지펴 주었고, 꺼져 가는 숨소리를 보듬던 사실들은 꼭 말해야 한다고 했다.

곁에 두 아들이 있다는 그 행운이 현재에 머뭇거리는 이유도 된다고 말했다. 그 아들들은 그림자처럼 내 뒤를 따랐고 힘들게 살면서 태연한 척 웃는 모습을 보였는데. 한마디 내색 없이 겨울 산에서 산딸기라도 따오려는 그 심정을.

밤에도 뜬 눈으로 끊어져가는 숨소리에 놀라고 지척대는 불편함을 두 눈빛으로 삼키는 그들을 어떻게 지우겠느냐고 했다.

작은 집이라도 그들에게 남겨주고 싶어 요양원을 접었고 오직 생을 마감하는 순간까지 병마와 싸우다 G의 결혼식만이라도 맞아야 한다는 것을 그렇게 말하고 있다.

지금은 그 의지도 한계를 느낀다. 전이된 몸에 복수가 차고 물을 빼면 겨우 견딜 만 하다가도 항암주사를 맞으면 심하게 늘어지며 물만 먹어도 토하는 아픔은 견디기 어렵다.

드디어 결혼식 날이 왔다. 신랑 어머니 자리에 홀로 앉아 있는 게 기적처럼 느껴진다. 병원 측 배려로 휠체어를 준비했지만 벗어 던지고 초연하게 앉은 자신을 의심할 정도였다.

그 결혼식장에서 아들은 어머니에게 기쁨을 두 배로 주기 위해 씩씩한 기상과 행진곡을 연출했고 주례사의 답변에도 하늘을 찌를 듯 섬광처럼 빛났다. 평소에 그렇게도 조용하고 상냥했던 아들이 오늘 따라 강한 몸짓을 토해내고, 연세대학교 동문회관 예식장 안을 떠나가도록 떠들썩하게 설친 이유를 왜 모르겠는가.

앞으로도 그렇게 살아 달라고 부탁하고 싶지만 그저 몹시 기쁘다는 생각 외는 어떤 말도 할 수가 없구나. 다만 입속으로 되뇌는 것은 너희들이 앞으로 살면서 가슴 꽉 메우는 한 장면이 고정돼 있을 때 오늘을 기억하고 더 오달지게 살아가라고.

신랑 어머니 석에 앉은 몸이 내려앉으면서도 끊어져가는 줄을 더 강하게 쥐고 싶은 자신을 확인한다. 그러나 어쩔 수 없이 육체를 버리면 내 자신도 버릴 수밖에 없지 않은가. 뒤돌아 볼 여유도 없다. 통증이 또 압박한다. 암흑의 바다 속에서 칼질만 한다. 보이지 않던 길이 환히 열리고 믿기지 않던 새 길이 나타나기를 기도할 뿐이다. 위암이 몸의 형체를 짓밟아 버리지만 내면의 의지는 꺾을 수 없을 것이다. 나는 하나님이 있어 영원한 마음을 간직할 수 있고, 그 행복을 누릴 수 있다. 오늘의 시련은 순간이지만 마음은 영원하지 않은가!

숨이 멈추는 순간 현실의 모든 건 사라지고, 전혀 다른 모습을 생각하면 아픔이 정지되고 마른 가지가 불타듯 자연의 섭리로 소멸되거나 분해될 것이다. 그 곳엔 내가 없는데 왜 욕심에 얽매였고 어떤 사람들을 앵돌아지게 했을까? 모두를 아울러 사랑하진 못했어도 싫어하진 말았어야지. 인간이기 때문인가? 아니면 미래를 보는 안목이 부족해서일까?

모든 것의 내부를 보살피며 하루하루를 뜻있게 보냈다면 덜 섭섭하고, 이런 답답함은 없었을 것 아닌가.

증권

　나는 개울둑을 헤집는 우를 범하고야 말았다.

　16호 태풍 '산바'가 남해안을 강타하던 날, 뜻하지 않게 힘든 일이 가슴을 덮친다. 이번 화는 감당하기가 너무 버겁다. 누구 하나 위로해 주는 사람도 없고 그럴만한 이유도 못된다. 혼자 삭힐 수밖에 없는데 그게 쉽지 않다.

　결국 증권 손실은 기회를 만난 듯 틈을 노렸다가 화산폭발처럼 터졌고, 숨 쉴 여유도 주지 않고 주저앉아 버렸다. 무조건적이다. 잠시 기다리라는 시간도 이유도 묻지 않고 도마 위에서 칼질한다. 바닥을 모르고 주저앉던 내 주식이 또 하한가로 곤두박질쳤다. 초점 잃은 시선을 하늘에 매단 채 가슴이 먹먹하고 머리카락이 쭈뼛하다.

　세 번째 당하는 일로 내게서 큰돈이 허공으로 날린 셈이다. 찾는 방법은 증권이 내릴 때 사야 된다고 생각했다. 증권 시세란

게 변동성이 심해 내리막이 있으면 오르막도 있어 만회할 확률도 높다고 판단을 했다. 그걸 착각하고 떨어진 주식에 물을 붓고 희석한 게 화근이다. 더 깊숙한 지하가 있는 걸 모르고 떨어진 주식에 집착한 게 원인이다. 모든 걸 접고 싶지만 그걸 밀어내는 힘은 여전히 강하다. 언젠가는 올라갈 거라고 겁 없이 덤벼 든 게 벌써 여러 해다. 그때마다 어려웠던 과거를 떠올리며 헛기침하지만 그 흐름은 번번이 불리하게 옮겨갔다.

이젠 나이 타령으로 위로를 받고 싶다. 친구들 주위 사람들 모두가 고령으로 세상을 떠나는데, 살아있는 것만으로도 고맙지 무얼 더 욕심내고 바라느냐고 스스로를 타이른다. 난 두 다리로 걷고 있고 먹고 싶은 음식을 먹으면서 살고 있지 않은가. 행복한 마음이 더 소중하고, 건강을 해치면 모든 걸 잃게 된다며 내 스스로를 달래 본다. 더 큰 손실 보지 말도록 하자는 메시지가 이번에도 작용한다. 그런데 막상 손을 떼기는 쉽지 않다. 오히려 좋은 주식을 갈아타 잃은 돈을 되찾고 마무리 하겠다는 마음이 한편에서 짓누른다. 정보가 확실하지 못해 두렵기에 그것도 할 짓이 못된다. 주식의 이해와 성질을 모르고 접근했다가 더 큰 화를 당하는 이치를 깨달았기 때문이다. 가진 주식 그대로 몰고 갈 수밖에 없고, 호흡조절이나 해야 한다는 생각에서 위험한 발상은 잠시 접어둘 수밖에 없다.

아직도 머리가 지끈거린다. 편치 않은 마음으로 아침 9시가 되기 무섭게 증권사 담당자에게 전화부터 걸었다. 담당자의 음성도 흥분한 듯 흔들렸고, 거실 밖 창가를 거세게 기웃거리던 비도 맞장구치듯 내 마음을 불안하게 한다.

내가 증권에서 큰손들과 대결하는 건 게임이 될 수 없다는 걸 알면서 왜 주식 속으로 빠진 건지 후회스럽기도 하다. 또한 회사가 경제 활성화를 위해 주식을 상장하듯 주식도 자신의 삶을 위해 약한 인간을 이용하지 않나 싶다. 주식은 인생을 꼬이게 하는 일도 하지만 사실은 경제를 활성화하는 본래의 이치도 가졌다. 이것을 제대로 알지 못하고 약삭빠르게 들락날락해 화나게 한 일이 이제야 후회된다. 자신이 밉기만 하다.

궂은 날씨가 천둥과 번개를 동반하여 참았던 속내를 보이고 거센 폭풍으로 터트릴 기세다. 쏟아지는 빗소리가 내 마음을 대변하듯 흐느끼고 있다. 난 그것들을 안으로 삭히면서 존재감을 생각해 본다.

젊은 시절 한밤중에 옆구리에 심한 통증으로 밤새우며 그 고통을 견딘 기억이 있다. 손과 발을 방바닥에 엎드린 채 고통을 견뎠다. 자정부터 새벽까지 땀이 비 오듯 하는데 살고자 참았던 그 고통을 현재 맞닥뜨린 주식의 아픔과 비교할 수 있겠는가. 주식의 손실은 병마의 아픔을 딛고 살려는 의미와는 사뭇 다르지 않은가.

결론은 두 가지다. 장기 투자로 가든가 손실을 잊고 빠져 나오는 일이다.

창밖엔 부딪혀 흐르는 빗물이 마음을 삭히는가 싶더니 곧 사물의 형태가 선명하지 않은 채 알 수 없는 수채화를 연출한다.

옹졸한 내가 손실된 주식을 오히려 부끄럽게 여긴 건 시간이 훨씬 지난 뒤다. 밤 9시경, 둘째딸에게서 걸려 온 전화가 마음을 가라앉게 해주었다. 초등학교 6학년 국가수준 학업성취도 평가에서 전 교과 만점이 의정부시 안에서 한 명 나왔는데 그 아이가 의정부 장암초등학교에 다니는 내 손녀라는 것으로 위로받고 싶어졌다.

　이번 주식 손실에 대해서는 접고, 건강과 가족의 행복이 더 소중하다는 걸 생각하려고 한다. 그런데도 여전히 인간의 야망은 어디가 종점인지 보이질 않는다. 하늘에선 구멍이 숭숭 뚫린 듯심한 빗줄기만 쏟아진다.

슬픈 그대가 행복한 날

갑작스런 자연변화에서 오는 현실을 보며 또 다른 생각을 해본다. 되돌아보면 시간의 흐름이 많은 사건들을 만들었고 그 지역 환경에 의해 좌우된 기분이다. 특히나 이념의 논리가 인간의 행복을 크게 좌우하는 것 같다. 진정한 민주주의는 어떤 것인가를 고민하게 한다.

민주와 독재의 개념도 그것들이 진실한 이론인지는 변화하는 시간이 해결할 것이다. 자유의 바람이 리비아의 절대 권력을 지닌 독재자를 용광로의 쇳물 녹이듯 했다. 봄의 따뜻한 빛이 두꺼운 얼음을 깨고 나온 걸 보면서 우리의 일을 돌이켜보게 한다. 우리에게는 삶의 질을 높이고 지키는 일 모두 소중하다. 과거에 경험한 냉혹한 현실을 밝혀 이제라도 슬픔이 되돌아오지 않게 고민해야 한다.

새장을 열어가는 지금 우리는 후세들에게 끔찍한 그날의 추억이 되살아나지 않도록 만들어가야 한다. 리비아의 철권통치는 자유의 물결이 퍼부어진 일이지만, 북한은 상황이 매우 다르다. 주변국가 간의 영향도 있고 집단 체제의 이익을 위해 개인의 자유를 잃도록 법으로 실천하고 있어 자유의 물결이 흐를 수 없게 한 건 아닌가 싶다. 경제적으로 어렵지만 불평하지 않고 굶는 걸 선택하는 걸 보면 충분히 알 수 있다. 분단 60년이 지난 지금도 사회체제가 크게 변화하지 않고 북한 정권을 유지하는 것은 사회 규범이 탄탄하게 엮어져 있고 주민들이 그물망을 벗어날 수 없도록 사상교육으로 다듬어졌기에 벽을 허물기는 어려운 일이다. 바깥세상을 어둡게 만든 제도에 문제가 있고, 남한이 적이란 개념으로 그동안 핵 실험과 전쟁 준비에만 몰두하여 지금에 이른 걸 보면 알 수 있지 않은가?

그런데 우리들은 안일하게 대처하는 경향이 많다. 남북한은 타협이 필요하고 냉정한 판단과 지혜가 필요한 걸 알면서 욕심에 얽매인 사람이 있다. 또한 자유가 그런 공간에 휩쓸리는 경향이 매우 높다. 개인 중심으로 사회적 불만이 쌓여 지역감정을 일으키고, 사회 계층 안에서도 국가 이익을 소홀히 하며 대치 상황인 것은 판단하지 못한다. 최근 연평도 천안함 사건을 의아해하는 사람도 있다. 분명한 사실은 왜곡하려는 그들의 저의를 소홀히 해서는 안 된다.

21세기는 더 가까이 지구촌화 하는 시기로 자칫 잘못하면 힘들고 복잡한 일이 진행될 수도 있다. 이 말은 분단 60년이 지난 지금

뉴스를 보고 판단할 일이다. 북한 김정일 위원장이 평북 시찰에서 어떤 시민의 옷차림을 보고 "여기엔 날라리도 있다."고 한 점은 중국과 인접한 지역에선 조금씩 자유가 흐르는 것은 아닐까 싶다. 민족 통일은 언제쯤 올 건지, 어떤 결과로 정리되는지는 바로 우리들의 몫이다.

나는 한국전쟁을 경험했기 때문에 끔찍한 그날이 재현되지 않기를 원하지만 일부 사람들은 별로 심각하게 생각하지 않는 것 같다. 남북 문제의 심각한 상황을 강 건너 불 보듯 해서는 안 된다. 이것은 현실이고 우리 자신의 일임을 분명히 깨달아야 한다.

국가 위상에 힘을 보태야 한다. 후손들이 정직한 사회에서 마음껏 꿈을 키울 수 있도록 하기 위해서 그 방법 외는 대안이 없다. 앞으로 우리들 생각과 순수한 자유가 어떻게 타협되든 결국 진정한 자유가 녹아 내려야 하고, 더 이상은 억압할 수 없는 자연의 흐름으로 돌려놔야 한다.

인간의 최종 목표는 자아실현이다. 이제 우리는 국가의 소중함을 알고 진정한 타협으로 인식을 바꿔야 한다. 자유롭되 진정한 조화가 이루어지게 해야 한다. 세인들이 '슬픈 그대'란 말을 '욕심 많고 사랑이 부족해 나온 것'이라고 표현한다면 그들은 변화된 자연의 현상에 고마워하고 화사한 모습으로 새로 태어나야만 한다. 이젠 과학의 원리가 물질만이 아닌 정신에도 함께 조화되어야 한다. 만유인력을 넘어선 상대성 원리가 큰 별이 된 것처럼 정신세계에도 타협을 통해서 조화가 우주를 만들어 가게하고 인간의 가슴에 그 향기를 취하도록 노력해야 한다.

지금 변화의 물결에 밀려서 만들어진 남북의 문제가 쉬운 듯이 보이지만 지구상에서 보면 여전히 시작일 뿐이다. 이젠 우주와 함께 웃도록 아름다운 타협을 통해 진정한 조화로움으로 바뀌고, 그 변화한 틀에서 '슬픈 그대'가 '행복한 날'로 바뀌기를 기원해 본다.

제자 K의 편지

제자 K와는 항상 사랑이 넘치는 글을 주고받은 것 같다. 공기처럼 맑고 깨끗함을 지닌 글들이다. 주는 것만으로 행복하고 즐거웠기에 의미가 남다르다. 젊은 날 살아 온 시간들을 떠올려 본다.

어릴 때 산골에서 친구들과 놀다 밤을 새운 일은 있지만 이 나이에 눈을 감은 채 밤을 새워 본 일은 처음인 것 같다. 제자 K의 편지를 받고 과거가 떠올라 잠을 이룰 수 없다.

1984년, D초등학교 3학년 때의 일이 갑자기 눈앞에 나타난다. 편지글에는 장내 희망에 대한 결의가 담겨졌고 최선을 다한 점이 너무 감동적이고 숙연해지게 한다. 편지 속엔 이런 말도 적혀 있다.

"인간은 걸으면 걷는 만큼, 달리면 달린 만큼 땀을 흘려요. 그 다음은 땀의 결과에 가치가 있는지 확인하고 실천하는 일이 매우 중요해요."라고 했다.

이제 K의 가슴에 핀 착하고 순수한 사랑이 많은 어린이들의 마음을 훈훈하게 적셔주고 또 꿈을 키워 주기 위해 교단에서 최선을 다할 걸 생각하니 그 맑은 마음이 내게도 전해지는 기분이다.

제자 K는 지난번 쌍문동 지하철역 입구에서 많은 걸 생각하며 기다렸다고 했다. 그 진한 마음의 움직임은 어떤 말로도 표현하기 어렵다고 했다.

제자 K가 내게 준 편지글 중에서 몇 구절 더 소개하면 "푸른 하늘과 흰 구름 그리고 별이 빛나는 밤을 보고 있노라면 자신이 살아 있다는 것을 확인해요.."라고 했고, "중학교에서 3년 동안 전교 1등을 지키고 있어요.."라는 말은 나를 무척 감동시켰다.

8년 후 K가 보낸 편지를 보면 "선생님은 저에게 자기 몸을 촛불처럼 태우고 소금처럼 짠맛을 내는 마음으로 노력하라고 하셨어요. 낯선 부천 B여고에 처음 들어간 며칠 후 평가한 모의고사 성적이 23등이어서 걱정을 많이 했어요. 그 후 화장실 가는 것 외에는 의자에 붙어 앉아 공부만 했어요. 4월 모의고사에서는 반에서 9등, 5월 중간고사에는 평균 90점으로 전교 4등을 했을 때는 저도 놀랐어요. 그곳 아이들이 참 착해서 생활 적응이 빨랐나 봐요. 2학년 문과에서 전교 1등을 하면서 서울교대로 결정했어요.." 라는 내용을 보았을 때 격한 감정까지 솟았다.

그 후 영등포 S초등학교 교사로 발령받아 근무할 때의 편지는, "겨울 뒤에는 꽃 흐드러지게 피고 따스한 봄날이 될 줄 알았는데 3월초여서인지 너무 힘들고 어수선한 느낌이에요.."라고 했다. "아이들의 목소리가 커지면 자신도 모르게 목소리가 커질 때가 많아요..”라고 했고, 그 다음 편지에서는, “버스 타고 오가며 무심히 언덕 위에 노랗게 핀 개나리를 보았답니다. 계절의 변화도 느끼지 못한 채 살았다고 생각하니 왠지 서글퍼지고 속상한 생각이 들어요.”라고 했다. 그때 난 처음 발령받고 경험 없는 상황에서 열정으로 버티려고 하니 얼마나 힘들까를 생각하니 몹시 괴로웠다. 다음 내용을 볼 땐 불안한 예감까지 들었다. “더구나 교사라면 수업 준비하는 데 시간을 많이 보내야 하는데 학교 실정을 보면 그 부분이 너무 소홀해서 걱정이 많아요.”라고 한 것은 최근 제자 K의 불만이 무언지를 말해 주는 듯싶다.

하얗고 깨끗한 길을 가려고 노력하는 K에게 또 하나의 고민이고, 그 길을 어떻게 헤쳐 나갈 것인지 마음이 무겁다.

요즈음 나의 목표는 마무리 잘하고 깨끗한 삶을 내려놓는 일인데, 그 문제의 답을 K의 편지에서 생각하고 고민해 보고 싶다.

그동안 좋은 일만 전해줘서 즐거웠는데 K에게 큰 변화가 생긴 게 분명하다. 편지가 오질 않는다. 전화를 해도 받지 않는다. 영혼의 메아리를 주고받을 수 있는 순수한 사람은 제자 K였는데 연락이 뚝 끊겨졌다.

하얗고 깨끗한 길을 함께 걸어가자고 한 제자 K가 지금은 어디서 무얼 하고 있을까.

판단

그동안 매서운 날씨가 계속돼 서울기온이 영하 12도에 머물더니, 오늘은 영상 6도가 되어 포근하기까지 하다. 거실 소파에 앉아 TV에서 방영하는 「동물의 세계」를 보며 생각해 본다.

부탄의 해발 4,300m 고산지대에 호랑이가 살고 있는데 히말라야 산을 중심으로 그들이 영역을 넓혀나가면 호랑이의 수가 확장될 수도 있다는 사진작가의 말을 들었다. 40년 전 인구 증가 론에서 산술급수적 자연론과 기하급수적 인간론 관계를 되돌아보게 한다. 상반된 이론으로 볼 수도 있지만, 넓은 의미에서는 같은 뜻일 수도 있기 때문이다. 당시 연구가들의 예상이 현재 경험하는 사실과 사뭇 다른 점이 있다. 예상 밖의 결과가 나온 것에 대한 인간의 변화를 생각하다가 소파에서 잠깐 잠이 들었다. 아버지 꿈을 꾸었다. 그동안 추위에 민감했던 탓일까? 꿈에서도 영하 12도의 추위가 계속되고, 나는 끝이 보이지 않는 지하의 공간으로 내려가는 답답함을 느끼다 깨어났다.

땅이 한정된 상황인데 인구가 늘면 더 이상 살아가기 힘들 거라는 과거 아버지의 이야기가 스치면서 고향 방죽이 떠올랐다. 칠순을 지나 당시 방죽 위에 선 아버지 나이가 되고 보니 어떻게 살아야 하는지 생각하게 한다. 또한 내 삶이 얼마 남지 않았다는 사실을 직시해야 한다. 어릴 때 병을 자주 앓아 건강에 대한 예방을 많이 하고 지금까지 조심하며 살아온 것에 고마움을 느껴야 한다.

내 생일과 어머니 돌아가신 날이 음력으로 같은 1월이며 2,3일 간격으로 촘촘하게 박혀 있다. 음력 1일이 설날이고, 5일은 내 생일, 7일은 어머니가 세상을 떠난 날이다.

금년에는 예방 차원이 아닌 치료 차원에서 무료 검진에 암 검사까지 했다. 그런데 병이 내게 몰려 왔다. 몇 년을 더 살지는 알 수 없지만 연장을 위해 지난 달 서울대학교병원에 진료 예약을 신청했다.

내 생일이 1월 5일이어서 하루 당겨서 노원역 근처에 식당 예약을 했다고 한다. 바쁜 아이들에게 부모 생일은 이제 부담이 되는 짐으로 바뀌는 시대가 온 것 같다. 과거에 몸에 익힌 윤리관이 사회 변화로 달라진 지 오래다. 장유유서가 힘을 잃으면서 어른에 대한 공경심도 예전 같지 않다.

노인들은 자녀들의 걱정을 줄이기 위해 고민하는 시대가 왔고, 그것은 현재 부모의 과제로 보인다. 자녀들이 부모의 생일을 부담스러워 하는 건 이해되지만 귀찮게 여긴다면 이는 심각한 문제로 봐야 한다. 가족사회가 무너지고 개인사회가 지배한다면 과연 어떤 일이 일어날까?

갑자기 어느 교육장 정년퇴임식 안내문 표지에서 본 글귀가 떠오른다.

젊은이들아 늙은이를 탓하지 마라
젊은이들이 걸어갈 길이니라

늙은이들아 젊은이들을 탓하지 마라
늙은이들이 걸어온 길이니라

옛날에는 운명처럼 참고 견디면서 살았는데, 지금은 노인을 대하는 사회의 풍토가 날카롭게 칼끝으로 찔리는 느낌을 받을 때가 많다. 사회 흐름으로 보듬고 참아내는 슬기로움이 필요하고 현실의 과제이기도 하다. 모임에 가면 젊은이들의 이야기를 자주 듣는다. 앞으로 젊은이와 노인의 갈등이 더 심해질 거란다.

지난번 조선일보 사회면에 '장수가 재앙이란 표현은 노인을 두렵게 한다.'라는 기사를 읽은 적이 있다. 현실에서 본 어두운 단면으로 볼 수밖에 없다. 사회가 변화하면서 오는 현실의 상황이다. 이번에 치료하면서 어떤 결과가 오던 자녀들에게 짐이 되지 않는 길을 택해야겠다.

가장 끈질긴 선

　이상한 행동 변화가 감지되는 순간 정리할 결심을 갖다가도 아직은 멀었다는 마음을 버리지 못한다. 짧은 시간이라도 연장하고 싶다. 짐 취급될 때는 뒤도 보지 않고 단호히 매듭짓겠다는 생각을 하다가도 지금은 답답함을 참고 숨 쉴 수만 있다면 되겠다는 것 외는 다른 생각이 없다.

　새벽 2시 30분경에 잠에서 깨어나 화장실에서 일어난 일이다. 비뇨기과 질환으로 소변 양을 검사하기위해 소변 컵을 들고 검사를 했다. 300cc의 눈금으로 가득 채워졌다. 기록지에 옮겨 적고 변기에 쏟았다. 빈 컵을 세척한 후 제자리에 놓으려 할 때 스팀파이프관 위에 칫솔 꽂는 유리컵이 놓여 있어 놀랐다. 즉시 원래대로 선반으로 옮기고 플라스틱 소변 컵을 그 자리에 놓으며 내가 지금 어떤 행동을 취한 건지 의심해 보고 고민한다.

　또 현기증이 나고 몸이 이상하게 조여 온다. 방안 불을 켜고

혈압을 재 보았다. 200/120으로 높다. 매일 한 알 먹던 혈압 약을 덤으로 먹을 수밖에 없다. 뒷목이 뻣뻣하고 머리까지 아프다. 가슴도 점점 숨 막히게 옥죄어 답답하다. 그런데도 느슨해지길 원하고, 움직일 수 없는 상태라도 더 유지해 주기를 바란다. 빠져나갈 수 없을 만큼 힘들게 하는 데도 그곳을 빠져 나가려고 한다. 잡은 끈을 놓고 싶지 않다.

젊은 시절의 기억이 또 나타난다. 한밤중에 갑자기 왼쪽 옆구리에 통증이 생겨 고통스러웠던 당시의 일이다. 학교 업무에 대한 강박감과 야간 통행금지 시간관계로 병원을 갈 수도 없었다. 새벽 4시까지 참아야 한다. 너무 힘들어 엎드려서 버티었다. 온몸엔 땀이 비 오듯 한다. 누워 있는 것 보다는 편했다. 양 손바닥과 발꿈치를 방바닥에 붙이고 디귿자 형으로 엎드려 있는 게 그래도 견딜 만했다. 부동자세로 고통스럽게 흰 눈을 부릅뜨고 허공을 보아야만 했다. 옆구리 통증이 가슴을 답답하게 죄이면서 숨이 멈추어질 것 같다. 이젠 막히는 숨을 가늘게 쉰다. 조금이라도 시간이 연장될까 싶어서다. 가슴을 누르는 힘이 강하게 죄이면 벗어나려는 힘도 그에 맞서지만 힘에 밀려 불규칙한 숨을 가늘게 쉴 뿐이었다.

한동안 잠잠한가 싶더니 또 예전과 같은 통증이 찾아온 것 같다. 뇌경색, 신장담석과 폐질환이 번갈아가며 널뛰기를 한다. 그런데도 삶을 끊는다는 건 어렵다는 게 현실로 드러났다. 강판으로 된 집채만 한 용광로가 지하 깊숙한 곳에 매몰돼 있고 그 용광로

밑에 눌려 있는 그런 심정인데도 과거의 기억을 떠올리며 결코 포기할 수 없다는 결심을 한다.

탈출구가 없는 곳에서 무거운 숨을 쉰다. 조금도 몸을 움직일 수 없는 용광로와 암벽 틈 사이에서 어떤 기적을 바라는 심정이다. 공황상태에서 행동을 잃은 채 힘겨워 할 뿐이다. 지상으로 올라가고 싶지만 올라갈 수 없고, 짧은 시간만 남은 듯싶다. 땅속에 매몰된 채 좁은 공간에서 적은 양의 흙이 겨우 발끝으로 차이는 것 외는 미동도 하지 않는다. 힘을 가해도 반응이 없다. 내가 기다리지 않아도 죽음이 엄습하는데 그곳을 빠져나갈 수가 없다니.

지금 나는 고통스러움을 참지 못하면서도 삶을 포기하지 않고 에너지 분산에 신경을 쓴다. 끈질긴 선을 잡기 위해서 조금씩 아껴 숨을 쉰다. 그 선을 놓지 않으려고 오히려 강하게 쥐고 있다.

3

보이지
않는 곳에서 들리는
소리

방죽에 서 있던 아버지

요즈음 가뭄으로 농작물 피해가 심하다는 뉴스를 들었는데, 밤 늦게 집에 와 보니 밭작물 가득한 상자 셋이 현관 문턱에 버티고 있다. 사촌동생이 보낸 것으로 짐작된다. 내 밭을 경작하고 있기 때문이다. 아버지가 돌아가시기 전 논에 방죽을 판 덕으로 물 걱정 없이 농사를 지었다는 걸 알 수가 있다.

아버지 상처가 현실을 이겨내는 뿌리 같은 존재란 사실을 이제 느낀다는 게 너무 한심스럽다. 아버지는 논 옆에 방죽을 확장하기 위해 저수지를 만드셨다. 2월말 추운 아침에 방죽의 돌을 치우다가 몸에 마비가 와 병원으로 옮겨졌다. 중풍으로 판명이 났다. 아버지는 저수지의 돌을 골라내는 일을 하다 결국 세상을 뜨셨다.

지금 농사를 편하게 짓는 게 그 덕이다. 가뭄에도 실한 밭작물 상자를 보니 아버지와 함께했던 발자취가 가슴 저려 온다. 아버지는 밀짚모자를 쓰고 흰 고무신을 신었고 옆구리엔 흰색 땀수건을 달고 다녔다. 상냥하고 남을 먼저 생각하는 분이시다. 마을 공동 작업에도 앞장서서 일하셨고, 뒷정리가 마음에 안 들면 그건 나와 아버지의 몫이었다. 어려움을 참을 줄 알고, 남을 배려하는 분이란 걸 목수일 할 때만 봐도 알 수 있다. 그 당시의 농촌에는 집 짓는 일이 매우 많았는데, 어려운 가정은 집을 저렴하게 지어 주었다.

그런데 한번은 아버지도 무서운 분이란 걸 알았다. 고등학교 1학년 때 일이다. 내가 같은 반 학생에게 매를 맞은 후 학교 가기를 포기하고 시골집으로 돌아 온 일이 있다. 그때 아버진 방죽 위에서 한참 서 있다가 결심한 듯 나를 앞세우고 학교로 내달았다. 학교정문 앞에서 가해 학생을 기다렸다. 이유 없이 폭력을 가한 깡패는 버릇을 고쳐야 한다면서 뒷문으로 도망친 가해자를 만나기 위해 다음날도 정문 앞을 지켰던 모습이 회상된다.

밭작물 상자를 보며 아버지에 대한 그리움이 솟아오른다. 파도의 흔들림이 우주의 섭리라면 지금 내 모습은 인간의 섭리인 듯하다.

아버지는 어떤 행동을 보일 때 나를 따라오게 하곤 말없이 앞에서 걸을 때가 많았다. 무슨 일을 시키면 나는 귀찮아하며 앵돌아져 무언의 시위를 했던 적도 있다. 농사뿐 아니라 목수일로 톱질할 때도 그랬다.

이젠 새들도 날아갔고 바람도 지나간 공간이지만 아버지와의 발자취는 너무나 선명하다. 돌아올 수 없는 상황으로 각인된 사실들이 갑자기 떠오르는 이유는 무얼까? 아버지가 잘되라고 지적한 일에도 상냥하지 못했던 후회 때문인가!

지금 내 아들이 나를 닮아 무뚝뚝하다. 내가 부모님께 상냥하지 못했으니 자식의 단점을 말할 자격은 없지만, 손자에게만은 따뜻한 마음으로 전해 주고 싶다.

그동안 살아온 일을 알려야 한다. 현관 앞에 배달된 상자를 비롯해 농작물 해결을 위해 방죽의 돌을 힘겹게 걷어내던 아버지의 추억들을. 또한 "농사는 물이 없인 짓지 못하는 기여."라고 한 말도 겸해서 설명해주고 싶다.

그 친구

　색다른 얼굴이 침묵하다 눈앞에 나타난다. 친구의 모습이다. 뒤늦게 찾아 온 가을에서 자연이 준 단풍의 의미를 느끼다가 친구가 떠올라 마음이 무겁다. 이제부터 그 관계를 지나간 시간 앞에 흐르는 물처럼 비유해 가며 속마음을 내보이려 한다.

　물이 된 나는 이곳에 온 것이 참으로 신기하다. 너무 힘겹게 살아 왔기 때문이다. 태풍이 긴 꼬리를 감추고 날이 훤해질 때 내 곁으로 다가오는 게 있다. 아주 작은 나뭇가지이다. 끝이 찢긴 가지엔 빨갛게 물든 단풍잎이 환하게 웃으며 자태를 뽐낸다. 낙엽을 통한 깊은 호흡을 느끼는 순간 불현듯 가을에 머물고 싶어진다.

　음산한 날 우리들은 멋을 부리며 땅으로 떨어졌다. 먼저 온 빗방울들이 땅에서 신음했기에 우리는 땅 속을 찾기가 쉬웠다. 내 위로는 빗방울이 그렁그렁 매달린 채 우리를 땅 아래로 밀어 주어 쉽게 갈 수가 있다. 땅 밑으로 숨다가 지하수를 만났다. 많은 비가 내리면 지하수를 찾지 못하고 뒤에 오는 힘에 밀려 방향을 잃고 땅 위에서 미친 듯 날뛰는 친구도 있다. 수면으로 무사히 내려와 서로 다른 길을 택해야 하는 사실에 대해서는 까맣게 잊은 채.

땅 속에선 선배들이 머무른 채 웅성거리며 반가이 맞아준다. 우린 합류하여 또 뒤에 오는 친구를 기다린다. 앞엔 벽이 있어 기다려야 내려갈 수 있기에 어쩔 수 없다. 그 사이에 지하로 가는 운 좋은 친구도 있다. 모두들 벽의 경계면에 올라서면서 서서히 계곡 쪽으로 향하기 시작한다.

물줄기를 타면서 많은 경험을 한다. 터널이 막혀 있으면 옆으로 접근하고, 장벽을 만나면 친구들과 함께 떨면서 참을 줄도 안다. 이젠 더 많은 친구를 동원할 수밖에 없다. 옆에서 뒤에서 많은 친구들이 도와줘서 함께 아래로 달려갈 수 있어 즐거웠다. 돌 틈으로 내려와서 친구들과 합류해 이곳까지 온 것은 분명 행운이다. 주위 환경도 깨끗해 좋고 아름다운 자연을 볼 수 있는 위치여서 더욱 기쁘다.

하지만 즐거운 날만 있던 것은 아니다. 샛강 틈에 버려진 오물과 함께 지낼 때는 숨 쉬는 것이 괴로워 고개를 들고 허우적거렸다. 다행히 이번에도 많은 친구들이 몰려와 강하게 밀어주어 극복할 수 있었다.

난 한 친구의 도움으로 계곡 중류로 올 수 있었고 많은 친구들과 함께 넓은 계곡으로 향했다.

친구 D가 있어 어려움을 극복할 수 있었던 게 사실이다. 늘 이해해 줘서 의지가 되었다. D는 내가 힘들어 할 때 손을 잡고 놓지 않았던 친구다. 곤란한 일이 있을 땐 앞에 나서서 상대방을 공격하였다. 그때부터 혼자 하던 나무도 함께 했고 모든 일에 자신감이 생기기 시작했다. 우린 중학교를 못 다니고 일만 하게 된 것이 원인일 수도 있다. 산에서 나무 하다 쉴 때면 자치기 놀이도 하고, 들판에 누워 하늘을 보며 큰 소리로 외쳐 보기도 했다. 가장 고마운 건 김 씨 종산에서 나무를 마음대로 할 수 있게 해준 것이다. 다른 친구에겐 엄격해도 내겐 나무하는 걸 허락한 셈이다.

오늘도 땡볕 마을 능선에서 나무 한 짐을 한 후 묘지 옆 잔디에 누웠다. 하늘에서 장관을 이룬 구름떼를 보며 심호흡을 하고 있었다. 그런데 옆에 있던 D가 건너편 큰 도로를 가리키며 "중학교 친구들이 이쪽으로 오고 있다."고 소리쳤다. 정말 우리 집 위쪽에 사는 친구가 중학교 교복을 입고 모자를 쓴 채 이쪽으로 오고 있다. "우리 다른 곳으로 가자" 했더니 D는 기다렸다는 듯 내 말을 받아 준다. 나뭇짐을 그대로 두고 소나무가 무성한 건너편으로 옮겨 갔다. 한참 후 돌아와서 집으로 간 기억이 엊그제만 같다.

빨간 단풍잎이 유년의 내 마음을 얼얼하게 한다.

나는 지금 가을 산행을 한다. 도봉산 정상에서 계곡을 따라 산 아래로 내려온다. 가지에 매달린 빨간 단풍잎이 계곡 물 위에서 움직이지 않고 머물러 있다. 엊그제 늦가을에 닥친 태풍이 저지른 일이다. 비스듬히 찢겨진 흔적이 말해 준다. 더 이상 내려가지 못한 이유는 커다란 돌이 앞을 막아서이다. 참으로 아름다운 단풍잎이다. 난데없이 나타난 나뭇가지 위엔 빨간 단풍잎이 매달려 있어 매우 아름답다. 가을을 알리는 듯 물 위에 떠 있는 모습이 나를 유혹한다. 빛바랜 자신을 가을로 안내하고, 그곳에 더 머물도록 바라는 상징처럼 보인다.

하지만 응급실에서 결정적 순간을 맞고 있을 그 친구를 생각하면 마음이 어두워진다. 그는 물처럼 산 위에서부터 함께했던 죽마고우(竹馬故友)인데 며칠 전 큰 병원으로 옮겨 신음하고 있다.

이제 그 친구 손을 잡고 저무는 가을을 걷고 싶은데, 이런 단풍을 보지 못하는 건 아닌가 싶어 심장이 조여들고 몸이 후들거린다.

잉어 도랑

　잉어 도랑은 내천교로 흐르는 작은 시내로 평소엔 쉽게 다니는데 비만 오면 큰 내로 탈바꿈을 한다. 그곳을 넘나들던 작은 아이가 이젠 청년 C가 되어 부천 내동에 살며 스승인 내게 자신의 삶을 들려주고 있다. 격세지감(隔世之感)도 되고 그곳을 어떻게 빠져나왔는지 신기하기만 하다.

　동두천 D초등학교 근무 당시 6학년 4반 담임으로 C와 만났다. 그는 지체장애아로 가냘픈 남자아이였다. 까칠한 눈매가 모든 사물의 대상을 두렵게 느끼며 늘 그늘에 덮여 있는 듯해서 관심을 갖고 마음을 안정시키게 해주었던 기억들이 지금도 생생하다.

　C의 집은 도랑 근처에서 가장 가까운 위치에 납작하게 엎드린 판자촌이다. 장마철이면 갑자기 불어난 물이 마당 밑까지 들어와 생명을 위협했다. 술만 마시면 주사가 심한 아버지의 행패로 C는 어쩔 줄 몰라 한다. 폭력과 자연의 재앙이 못질할 때마다 숨죽인 채 받아들여 상처로 남는 것 외는 방법이 없다고 했다. 마당 옆에

선 대추나무도 열매를 맺지 못한다고 했다. 물이 심하게 범람할 때 마루 위까지 올라와 윗마을로 피난 가기가 일쑤란다. 삽시간에 흙탕물이 된 도랑은 넓은 냇가로 변해 마을은 텅 빈 섬이 되고 차라리 학교에 있는 시간이 편하다고 했다.

제자 C에겐 그 일이 가장 옥죄는 기억으로 남을 수밖에 없었을 것이다. 비가 심하게 오던 날 C의 불편한 걸음이 걱정되어 뒤를 따라간 일이 있다. 교문에선 친구 둘이 C의 책가방도 들어 주고 보살펴 주는 걸 보며 마음이 흐뭇했다. 그런데 들판에서 개천으로 올 때는 C가 말한 대로 그의 책가방은 어김없이 땅으로 내던진다. 다음엔 그 아이들 웃음소리가 요란했다. C는 목발한 채 땅에 떨어진 책가방을 긴 줄로 묶어 목에 걸고는 발목까지 차는 물 위를 한발 한발 내디뎠다. 그러다가 넘어졌다. 물에 빠진 생쥐처럼 속살이 드러나는 순간, 내 고등학교 시절이 그림자처럼 그 모습 위로 겹쳐진다. 나를 구타한 반 친구가 떠오르고 또 그때 무슨 생각을 했는지 기억해 본다. 겉과 속이 다른 인간으로 변한 게 그때부턴가 싶다. 삶의 수단에 있어 나약한 자신에게 다른 대안은 없다. 미워하면서도 보복이 두려워 외부로는 보이지 않게 감추던 비굴한 표정을, 추억의 신경전이 머릿속을 까맣게 한다.

그 당시엔 구타당한 일을 선생님에게 알리는 건 상상도 못했고, 부모님이 알면 그들의 보복이 두려웠다. 그날을 반추하다 가슴을 꽉 메우는 한 장면이 고정되어 온다. 친구의 흉악한 행패와 야비한 시선이 잠잠한 마음을 뒤흔든다. 고향이 다르고 잘 어울리지 않는다고 해서 따돌림으로 당수(唐手)를 연마한 한 친구에게 심하게 구타당한 일이 있다.

인천시 체육행사로 각 학교마다 공설운동장으로 집결했다. 교정에서 경인도로를 향해 사열로 행진할 때, 평소 괴롭혔던 친구가 또 뒤에서 발로 건드리기 시작한다. 아무런 반응을 보이지 않자 이번엔 야비한 표정을 보이며 다가와 앞차기로 단숨에 앞니 한 대를 부러뜨렸다. 그때부턴 어깨를 못 펴고 주눅 든 채 행진했고 집에 가서도 끝내 말하지 않았다. 그 후 두려움으로 학교 가기를 중단했던 기억이, 파르스름한 입술로 변한 제자 C에게 겹쳐진다. 그에게 세상을 보는 지혜를 알게 할 필요가 있음을 깨달았다.

잉어 도랑이 제자 C에겐 참을 수 없는 힘겨움이었지만 그걸 극복하는 강한 의지도 그곳에서 배웠으리라. 내 과거 모습도 그 물 위에 겹쳐져 넘실거렸다.

이제 제자 C가 인간의 모습을 재조명하고 자연의 숨소리를 익히며 자신의 운명을 받아들인 흔적이 역력하다. 지금 분명 모습은 다르지만 내면의 틀은 당시 숨소리를 담아온 듯 차디찬 현실의 냉기가 있고, 또 야물게 성장하였으며, 그것에 대해 고마움을 느낀다.

제자 C는 "과거 친구들이 괴롭힌 잘못은 미워하지만 그 친구를 미워할 마음은 없습니다."란 말을 분명하게 했다. 제자 C가 잉어 도랑에서 당한 슬픔을 현명하게 견딘 게 나의 고등학교 때 아픈 기억까지 녹게 한다.

어린이에겐 따뜻한 마음을

학교 현관 앞 운동장을 감싼 포플러나무의 앙상한 모습을 보며 오래 전 나의 초라함과 지금의 나를 번갈아 본다.

1967년 12월 1일, 첫 발령 받은 전날 붉게 물든 저녁노을을 등진 채 소요동 내를 건널 때의 각오는 비장했다.

내가 걸친 건 남대문시장에서 산 기성복과 외출할 때만 신던 구두가 전부였다. 간편한 복장이기에 쉽게 건너갈 걸로 여겼는데 돌다리마저 수면 아래로 잠긴 걸 보면서 쉽지 않은 삶을 예고하는 듯싶다. 남아 있는 돌다리도 몇 개에 불과하고 많은 돌들이 보이질 않았다. 40m나 되는 냇물을 건너기 위해서는 신발 벗는 것은 물론 바지까지 벗으라는 의미다. 처음에는 물이 몹시 차가워서 참기가 힘들었다. 그럴 때마다 다리를 움찔거렸고 살갗이 아려왔다. 새 출발이라는 결심으로 한발 두발 건널 때 어느새 중간쯤 와 있었고 그때부터는 차고 아린 물결이 오히려 뜨겁게 느껴졌다.

첫 발령 받고 걸어온 세월을 돌이켜보면 교직생활은 하루같이 쫓기면서 산 불안한 생활이었다. 우산 없이 빗물이 눈가를 스치다 아래로 내려앉으면 나의 아픈 마음을 쓸어 담는듯했고, 어려운 일들이 빠른 속도로 한꺼번에 몰려오면 너무 당황스러워 수습하기가 어려웠다.

첫 번째 학교는 직원 조직이 열네 명으로 단출한 편이어서 가족 같은 분위기지만 1년에 절반이 전근 발령을 받고 떠나간다. 곧이어 새로운 직원이 온다. 거기에도 미묘한 칼날이 상대방을 노리고 있었고, 어린이들의 생활지도는 뒷전이며 연구과제로만 남게 한다. 교직이 힘들다는 것을 일깨워 주는 대목이었다.

교직생활은 너무 어려움이 많다. 교사는 겉으로 표현을 잘해야 하는 만큼 두렵기도 했다. 학교생활에 적응하다 보니 말솜씨가 많이 달라졌다. 교실에 가득한 어린이들의 초롱초롱한 눈동자가 겹쳐져서 집중될 때는 제법 흥분되고 보람도 느낀다. 문제는 쉬는 시간이나 청소시간이다. 어린이들이 소란을 피우고 욕을 하고 싸우기도 한다. 기성회비 독촉, 위문품 수집, 저축실적을 올리는 문제는 나를 더욱 혼란스럽게 했다. 모든 교육과 연결된 금전 문제도 어린이들을 통해 받아내야만 한다. 처음 학급을 맡았을 때 기성회비를 비롯한 금전 징수 성적이 전 학년에서 뒤떨어져 곤란을 당했다. 돈을 가져오게 하는 수단이 필요하다는 걸 알게 된다.

고학년에선 더 심한 수단을 사용해 성적을 올려야 하고, 올리지 못하면 무능 교사로 찍힌다. 그만큼 금전 문제까지 기술적 경험이 필요했다. 처벌하는 일은 있을 수 없고 집에 돌려보내서도 안 된다. 훌륭하게 받아내는 방법이 과연 올바르게 잘 되는지 생각할 일이다. 괴로워하는 단계를 넘어 참을 수 없는 도전이고 횡포다. 누구라도 그곳을 벗어날 수 없는 상황이 될 거고, 고민스럽다는 말로 대신하고 싶다. 어린이들의 학습지도가 최우선이란 말을 하곤 했지만, 과연 실천할 수 있는 교육적 환경이었는지 묻고 싶다. 어린이들에게 학습생활 이외의 것이 오히려 더 큰 영향력을 행사하고 있다. 학교 업무는 당일 끝을 못 내면 잠자는 시간, 심지어 식사시간까지 허락되지 않는다. 수업준비를 비롯한 연수시간은 없고, 오직 학교행정에 기계처럼 움직여야만 모범교사로 인정받는다. 학습생활 성적은 참작하지만 공문이나 금전 징수는 제시간에 해결해야만 한다. 자칫 알맹이 교육을 떠난 형식에 얽매이고 만다. 불만의 씁쓸한 맛과 고달픔이 마음에 들어올 때마다 그걸 어떻게 응징하고 벗어나야 할지 무겁기만 했다. 일관되고 진실성이 있는 올바른 실천이 뒤따라야 거짓이 없는 청렴한 미래가 열린다는 걸 왜 이해하지 못하는지 모르겠다.

교육이 너무 형식에 치우치는 것 같다. 수업시간에는 다정한 선생님이 되고 기성회비나 기념품대를 받아내기 위해서는 호랑이 선생님으로 변해야 할 경우도 있다. 억압당하고 보면 기성회비를 못낸 어린이들은 이중적 우울한 아이로 변할 수밖에 없지 않은가.

내가 경험한 경우를 말해 본다. 우리 학교에는 나와 비슷한 교감선생님이 있었다. 그의 교육방침은 처벌 금지에 중점을 두고 있다. 처벌은 어린이들에게 반항심을 심고 무능력한 인간을 만들 따름이라면서, '교육의 중요성은 선도에 있다'고 했다. 나의 아버지가 그렇게 교육시켰기에 공감한다. 사람들은 자식을 자신의 축소판으로 여기는 듯싶다. 물론 부모는 자식의 장래를 걱정해서 매질을 하겠지만 다시 생각해 볼 일이다. 잘못은 질서를 그르치고 남의 물건을 훔치는 것만이 아니다. 눈에 보이지 않게 심리적 압박을 조성하여 활발한 활동을 억제하면 어떤 변화가 올지 고민해 볼 일이다. 절름발이 교육을 어린이들에게 돌려준다면 미래는 어두운 그늘에 파묻힐 게 분명하다.

나는 어릴 때 부모님에게나 주위에서 착하다는 말을 자주 들었다. 좀 성장한 후에는 '너그러운 호인'이라는 말을 한다. 내 마음이 넓어서가 아니다. 싫어도 참는 거다. 교사들 중에서 어떤 일이 생기면 내게 부탁했다.

"선생님, 오늘 일이 생겨서 그러는데 숙직을 좀 부탁합니다."

물론 불편하게 받아 주기도 했고 말없이 실천할 때도 있다. 하지만 마음에 드는 일을 받아주는 건 아니다. 수동적으로 끌려서 받아들이는 자신의 약한 마음을 꾸짖기도 했다. 패기 없는 마음을 경멸할 때도 있다.

후천적 교육이 그런 영향을 미친다고 보인다. 교감선생님이나 내 생각은 같다. 어린이들 성격 대부분이 부모 억압에 의해 영향을 받는 경우가 많다. 교감선생님은 어머니가 만들었다고 했고, 나는 아버지의 영향을 많이 받았다. 그분들의 엄한 교육이 지나치게 온순한 성격을 만들었다.

결혼 후 우울한 성격도 사라지고 교육현장에서 신경질적인 모습도 없어졌다. 세월에 눌려 고질화된 성질을 버리기는 쉽지 않았지만 과감하게 떨쳐 버렸다. 새싹처럼 자라나는 어린이에게만은 밝고 생동감 넘치는 마음을 갖게 하도록 늘 고민한 게 사실이다. 후천적 교육의 힘이 중요한 이유를 알았기에 어린이는 무럭무럭 자라도록 활발한 성격을 만들어 가야 한다는 각오를 했기 때문이다.

일선에서 벌어지는 교육방침은 여전히 말만 앞세우는 경향이 있다. 교육행정이 학습지도 생활영역이긴 하나 지도하고 잘하기를 바라는 마음 보다는 양식의 틀에서 결과를 고집하는 경향이 높다. 교육행정 전달도 겉돌 수밖에 없다. 과다한 교육행정을 따라가다 보면 업무량이 폭주해 어린이 지도에는 시간이 많이 부족하다. 문제점도 드러난다. 밤을 새워도 수습하기 힘든 일들뿐이다.

문제는 교사가 판단 할 일이다. 학교 업무 추진을 잘하고, 기성회비도 독려하고, 학년 성적이 높게 나오도록 하기에 앞서 아이들에게 상처를 주지 말고 즐거운 생활을 할 수 있게 배려해야 한다.

나는 어린이들과 교실에서 생활하고 싶었고 직원실에 가는 일은 끔찍했다.

"왜 교육청 공문보고를 제 날짜에 보내지 않고 독촉 전화를 하게 합니까?"라든가 또는 "기성회비 실적이 부진합니다."라는 등

질책을 받을 게 틀림없기 때문이다. 학급 어린이들을 자습시키고 직원조회 하는 것도 불만이다.

학교 교육에도 합리적인 사고가 필요하다. 전통적으로 조직된 학교 풍토는 학교 조직과 지도자의 통찰력에도 관계가 있다. 또한 지역사회나 어린이들이 만들어가는 걸 보아도 알 수 있다.

당국과 사회가 많은 걸 원해도 교사는 흔들림 없이 필요한 일에만 초점을 두고 실천해야 한다. 모든 걸 다 좇아가다 보면 한 발자국도 앞서기가 어렵다. 하지만 자포자기해서는 안 된다. 형식보다는 본질적인 교육에 충실하면 된다. 어린이들이 합리적인 사고로 활기차게 미래를 열어갈 수 있도록 '따뜻한 마음'을 주는 일만을 꼭 실천해야 한다.

앙상한 포플러에 매달린 잎들이 오들오들 떨더니 강한 바람에 못 이기고 마지막 꼬리를 내린다. 여전히 바람은 나뭇가지를 심하게 흔들지만 나무는 더 강하게 버티면서 운동장을 보듬고 있다.

동남아 3개국을 돌아보며

해외연수로 간 베트남 풍경

김포공항 제2청사 앞에 내린 것은 오후 4시다. 외환은행 앞이 집결지라 왼쪽 끝으로 갔지만 일찍 도착해서인지 아직 그랑프리 팻말은 없다. 3층 커피숍에서 서성거리다가 다시 집결 장소에 오니 '경기도 해외교원 시찰단'이란 그랑프리 팻말이 있고, 그 옆에 많은 짐들이 놓여 있었다. 우리를 담당한 가이드가 시계를 2시간 늦게 3시 50분에 맞추라고 한다. 인원 점검이 끝나고 여권과 서류를 별도로 주었다. 오후 5시 30분에 16번 창구 앞으로 오면 된다고 했다. 탑승 수속이 끝난 후 아시아나항공 탑승대로 왔고 좌석은 E30으로 중앙 좌측에 있다.

비행기는 6시 10분에 움직이기 시작한다. 15분가량 주위를 돌면서 관제탑과 교신하며 이륙 준비를 한다. 허리 벨트를 착용하란 안내방송이 들리고 비행기가 불규칙하게 흔들린다. 좀 섬뜩하다. 지상에서 하늘로 오르는 느낌을 받는다.

베트남 호치민공항 도착은 다음날 낮 11시 25분이었다. 호치민 공항은 사회주의 느낌 그대로였다. 과거를 잊고 변화의 모습을 보이긴 했지만 근무하는 직원들의 복장과 표정에서 어둡고 칙칙한 느낌을 받았다. 한국전쟁 당시 공산당원들의 모습을 보는 듯해 무거운 전율을 느낀다. 초조하고 긴장된다. 검사대에 이르러선 나도 모르게 두려운 마음도 든다. 검사 장비도 현대화되지 않아 출국 수속이 2시간이 넘게 걸린다.

호치민 시는 베트남에서 제2도시로 경제적으론 가장 크다. 인구가 800만 명에 육박하는 데도 주변의 불빛이 초라하고 적막한 느낌마저 준다. 어둠이 짙게 깔린 늦은 저녁에야 숙소로 왔다.

아침 9시 10분에 버스로 장애인학교를 방문했다. 사회주의 국가로 초등학교 방문은 허용할 수 없단다. 영사관 주선으로 초중등 장애인학교를 방문했다. 사립학교로서 시설이 우리나라 60년대 수준을 보였다.

오후에 구찌 터널로 출발했다. 가는 도중에 산은 거의 볼 수 없고 평평한 정글 지역으로 가고 있다. 작은 새들이 날고 있고 눈길 마주친 짐승들이 쪼르르 달음질치며 나무 사이로 숨기도 한다. 구찌 전쟁기념관에 도착해 유격전 비디오를 보며 당시의 월남을 회상했다. 그들이 지하 땅굴을 이용해 전쟁에 승리하게 된 상황을 엿볼 수 있었다. 지하 땅굴 통로는 뚱뚱한 사람이 들어갈 수 없게 만들어졌고 벌집처럼 묘하게 꾸몄다. 하지만 식당, 병원, 참모회의실 등 지상에서처럼 생활할 수 있게 만들어졌다. 누구도 흉내 내지 못할 교묘한 땅굴이다. 과거 베트남 공산정권이 현대적인 장비를 갖춘 미군을 무력화시키고 승리한 이유가 창의성을 이용한 땅굴인 사실임을 실감한다.

넓은 벌판 한쪽엔 벼가 누렇게 황금색을 띠고 한편에선 모를 심는 모습이 보인다. 이곳은 3모작을 하는 곳이라고 한다. 농업국임을 알 수 있다. 우리 일행이 시내로 들어오는 시간에 그들의 퇴근하는 모습을 볼 수 있었다. 많은 사람들이 오토바이를 이용하고 일부만 자전거를 이용했다. 마치 시장에서 시장으로 옮겨가는 군중처럼 보이기도 하고, 개미들이 줄을 잇는 긴 행렬처럼 느껴지기도 했다.

다음날 아침, 쿤다오 섬을 관광하기 위해 사이공 시계탑을 통과했다. 차창 밖의 행렬은 전날과 같다. 쿤다오 섬은 베트남에서 큰 섬으로 관광 도시다. 12시 40분경, 쿤다오 시청 앞을 통과할 때 가이드가 시청 옆 낡은 건물을 보며 과거 한국군 야전병원이라고 설명한다.

우리 일행은 해변을 따라 강변도로를 달렸다. 아름다운 모습이 눈앞에 들어온다. 바우다이 왕실궁을 관람하기 위해 긴 강변을 계속 달린다. 바우다이 황제는 베트남의 마지막 황제로 어쩌면 일제 말기 고종 황제와 비슷한 처지였다. 당시 영국 지배의 슬픈 역사를 품고 생을 마감한 인물이다.

베트남 교육은 영국과 미국의 제도를 취하고 있고, 그들은 생일 파티를 가장 중요시한다고 한다. 수입의 30%이상을 파티비용에 쓰고 가까운 사람끼리 춤추며 즐겁게 하루를 보낸다고 한다.

마지막 날 저녁은 사이공 레스토랑에서 이루어졌다. 건물이 무척 화려하다. 정면 무대에는 악대와 가수들이 노래하고 음식이 나오고 있다. 우리 일행은 무대 정면 중앙과 종대로 진열된 4인 탁상에 앉았다. 양 옆엔 일본, 대만의 손님들이 음식을 들면서 노래를 듣는다. 잠시 후 건물이 유람선으로 바뀌면서 한국 노래가 사방으로 울려 퍼진다. 우린 한국의 위상을 느끼며 즐겁게 박수 치고 노래 신청도 했다. '만남' '아리랑'을 부르고 끝날 때까지 한국의 무대로 만들었다. 베트남의 모습을 새롭게 조명해도 되겠다는 생각이 들었고, 느껴보지 못한 향수와 함께 또 다른 생각을 갖게 한다. 남과 북도 진실을 보인다면 불신의 벽은 허물어지고 서로 왕래라도 하며 살 수 있지 않을까? 나는 씁쓸한 미소를 지었다.

부드러움, 안정감을 주는 말레이시아

숙소에서 호치민공항에 도착하여 2시간 동안 입국 수속을 밟은 후 쿠알라룸푸로 향한다고 한다. 항공기 규모가 250석으로 아시아나항공보다 다소 작아 보인다. 기내에서 점심을 먹었다. 오후 4시 15분경 여객기가 요란하게 움직인다. 쿠알라룸푸 공항을 중심으로 배회하며 관제탑 신호를 받는 모양이다.

창문의 커튼을 젖혔다. 푸른 바다가 아름답게 펼쳐져 있다. 대나무 죽순처럼 보이는 뾰족한 구름들이 겨울 산 융단처럼 깔려 신비감을 준다. 여객기가 진동하며 지상에 부딪치는 소리가 역력하다. 전방으로 질주하며 서서히 멈춘 후 시야가 한눈에 들어온다.

출국 수속이 빨라서 좋다. 출구가 공항 밖 통로로 길게 이어졌다. 베트남 호치민공항과는 사뭇 다르다. 분위기도 부드럽고 크게 다른 공항분위기였다.

말레이시아는 연방 국가로 싱가포르, 태국과 국경을 접하고 있다. 면적은 한반도 약 1.5배로 산유국이며 목재, 고무생산이 유명하다.

쿠알라룸푸르에서는 세계에서 가장 높은 450m의 쌍둥이 빌딩을 보았다. 대부분 건물들은 상층이 곡선으로 되어 있어 부드럽게 보인다. 자동차 운전석이 오른쪽에 있는 게 또한 이채롭다. 자동차 전용도로에선 시속 280~320Km로 달리는 곳이 있다고 해서 놀랐다. 생명에 책임을 지지 않는 곳이란다.

11시 20분에 평화의 탑에 도착했다. 독립기념탑으로 1,2차 세계대전과 주변 공산국가와 싸우다 산화한 숭고한 죽음을 기념한 탑이라고 한다.

주위를 살펴 본 후 곧 바로 이슬람사원 본당을 참관하기 위해 떠났다. 의식이 무척 까다롭고 엄숙해서 신발을 벗고 사원 복장을 착용한 후 절차에 따라 청결하게 관람해야만 한다. 때마침 우리 일행이 도착한 시간이 이슬람교도들 기도시간이어서 참관하질 못했다. 1년에 한 번은 한 달 동안 새벽 5시부터 저녁 7시까지 금식한다고 한다. 갖지 못한 사람들의 마음을 이해하고 돕는 뜻이 있다는 말에 그들의 마음을 엿볼 수 있다.

10년 동안 상수도와 전기료를 올린 일이 없다고 한다. 타봉하제로 이슬람교 본당 앞을 지날 때 건물의 웅장함에 놀랐다. 그렇게 큰 건물이 그들의 마음처럼 상층은 부드러운 원형으로 꾸며 놓았다.

우리는 왕실을 참관하기 위해 부지런히 움직였다. 그곳엔 13개의 지역 주가 있고, 9개 주에는 주왕비가 있다. 그중에서 국왕을 뽑고, 임기는 5년이다.

조금 전까지 화창한 날씨에 건기인데도 갑자기 비가 장맛비처럼 쏟아진다. 날씨가 수시로 변한다는 걸 실감한다.

8월 15일 아침에 출발해서 사립초등학교를 방문했다. 학교장 안내로 도서실로 갔다. 나무의자에 앉자 학교장이 학교 소개를 한다. 수업은 8시 30분부터이고 점심은 무상이라고 한다. 오후 3시 30분에 일과가 끝난다. 교직원 수는 30명, 한 학급이 22명으로 공립학교 수 55명과는 차이가 있다. 이 학교는 전체학생이 420명으로 19반이었고, 교육방침으론 수업시간이 30분으로 1주일 35시간만 수업한다. 교과목은 영어, 본국어, 중국어를 가르치고 1주일 1회 특별활동으로 체육을 한다. 1967년부터 말레이시아어로 가르치도록 되었다고 한다. 초등학교도 중등처럼 과목마다 교사들이 전공 교과만 한다. 수업이 끝난 후 교사들이 자유롭게 집에 가서 과외로 수입원을 찾는 게 우리와는 사뭇 다르다.

오람(원주민) 박물관에서는 때 묻지 않은 산골 마을에서 신선을 보는 듯 신비한 기분이었다. 스스로 바보가 된 양 해맑은 웃음이 솟는다. 곧바로 석회 동굴로 향했다. 270개 계단에 올라서야 동굴이 나왔고, 양 옆엔 많은 원숭이들이 깜짝 놀라게 한다. 광장 앞엔 비둘기가 가득하다. 일행은 바리게이트가 쳐진 석회암 동굴 앞에 들어섰다. 전면에서 보면 화려한 터널 모양으로 보인다. 천연 동굴의 규모가 웅장하고 크다. 붉은 입술을 가진 천장으로 끌려들어 가는 기분이다. 자신도 모르게 신비감 속으로 빨려간다.

말레이시아는 대자연이 선물한 원초적 조건을 갖고 있어 원자재를 팔아서 여유롭게 살고 있는지도 모른다. 동굴뿐 아니고 자원도 풍부하다.

도시의 큰 건물 대부분이 둥근 원형으로 만들어진 걸 보면서 그들 본연의 성품을 보는 듯하다.

말레이시아에선 생활필수품을 저가로 살 수 있다. 우리나라 500원 정도면 그곳에선 하루 생활을 유지할 수 있다고 한다. 기본적 삶을 우선하며 어려운 입장에서 정치가 움직여 저소득층의 반발이 없다고 한다. 우리나라 정책 입안자들이 이들을 본받았으면 좋겠다.

많은 미래학자들이 인구 1,750만의 말레이시아가 2100년에는 7천 만이 된다고 예상하는데, 말레이시아를 떠오르는 별로 인정한다는 것이다. 넉넉한 자원과 계획된 조형미가 돋보이는 둥글고 부드러운 안정감을 지닌 나라임을 깨닫기에 충분했다.

맑고 깨끗한 싱가포르

말레이시아에서 출발해 오후 4시에 도착한 싱가포르는 말레이 반도 남단 북쪽에 위치한 싱가포르 섬과 부근 50여 개 작은 섬으로 구성된 공화국이다. 북은 좁은 죠호르 수로를 경계로 인도네시아와 접해 있고, 면적은 80만km² 이다. 싱가포르는 자유 무역항으로 관세가 없는데 단 술, 담배, 차만은 예외라고 한다.

일행은 공항에서 대기 중인 관광버스로 국립 식물원으로 향했다. 창밖으로 펼쳐지는 풍경들이 깨끗한 전원도시임을 알게 했다. 식물원이 장관이다. 회양목으로 사슴, 낙타, 오리, 호랑이, 물개 등을 조각해 동물 전시장을 방불케 한다. 열대 식물들을 특징적으로 가꾼 것도 예사롭지 않다. 둘레는 등나무로 꾸며지고 담장 위에 열대 나무들이 대단하다. 식물원 주변 주택은 조그마한 집도 70억을 호가한다고 한다. 쌀 한 톨, 물 한 방울 나지 않아 수입에 의존하는 나라의 국민 소득과 국가 위상이 세계 최고란 말에 그들의 국민성과 지도자의 능력이 놀라웠다.

다음날 아침은 학교 방문이어서 더 관심 있게 살펴보았다. 초등학교는 토요일에 쉬므로 다마이중학교를 방문했다. 아파트가 디귿자 형으로 둘러싸여 있고 그 속에 4층의 아담한 현대식 건물로 학생 1,400명, 50명의 교사진으로 되어 있다. 교무실을 비롯한 모든 교실에 에어컨이 설치되어 있고 강당은 600석이며 다목적 교실이다. 의자를 제거하면 체육관으로 활용된다. 휴게실과 화장실도 현대식으로 꾸며졌다. 교실마다 책상은 1인 1석이다. 유리창은 어둡게 코팅되어 있고 잘게 가로질러 햇빛을 조절하게 되어 있다. 싱가포르는 공통어가 영어이고, 모국어가 제2국어이다. 시험 보는 과목과 보지 않는 과목이 정해져 있다. 영어, 과학, 기술, 수학은 시험을 보지만 음악, 예술은 시험을 보지 않는다. 중학교 과정에서 성적이 좋은 학생만 4년 과정이고 기타는 5년 과정으로 가게 되며, 국립학교와 사립학교 선호도 차이가 전혀 없다고 한다.

1학년이 다루어야 하는 기술실이 잘 설치되어 있고, 발레 무용실은 전체가 거울로 둘러져 있어 자신을 확인하며 연습이 가능하도록 만들어졌다. 지도교사 1명이 2,3명 학생의 오페라를 지도하는 광경은 이채로웠다. 앞에는 잔디 운동장이 보이고 아래로는 저수지가 넓게 깔려 있어 경치도 아름다운 학교라고 자랑한다.

이번엔 악어 농장으로 출발했다. 악어는 사람 수명과 비슷해서 70년에서 120년을 산다고 한다. 낮에는 온순하게 활동하지만 밤이면 자기들끼리 싸우는 게 일이다. 밤에 싸우는 이유는 암컷 때문이다. 배란기의 암놈이 꼬리를 치면 수놈들은 반사적으로 싸움을 건다. 약한 수놈은 포기하고 꼬리를 내리지만 힘센 놈들은 서로 싸움을 받아들인다. 거기서 토너먼트 형식으로 격투가 벌어지고 심하게 부상을 당하면 싸움을 포기한 채 도망친다. 다시 8강으로 좁혀지고 4강으로 바뀌고, 또 승리해야 결승으로 간다. 결승에서 이긴 수놈이 배란하는 암놈을 차지한다. 암놈은 선택권이 전혀 없고 승리한 수놈을 순순히 받아들인다. 식사하면서도 내내 악어들의 삶에 흥미를 되새겼다.

　쥬롱 새 공원에서는 케이블카를 타고 지나면서 새로운 새들을 볼 수 있다. 내려와서 수족관 관람은 더욱 이채로웠다. 지정된 장소에 서 있기만 하면 저절로 앞으로 나가면서 사방에 온갖 물고기를 볼 수 있게 잘 꾸며 놓았다. 그곳을 지나 잔디밭으로 넓은 공간이 보이고, 앞에는 새 공연장으로 되어 있다. 수많은 관광객들이 자리를 차지하고 있다. 앞 무대에는 인조 잔디가 융단처럼 깔려 있고, 동굴 2개가 보인다. 가운데 높은 관처럼 생긴 길게 늘어진 육면체 위에 파란 융단이 깔려 있고 그곳엔 장난감 자전거 2대가 놓여 있다. 가벼운 행진곡이 울리자, 아나운서의 쇼를 시작한다는 안내방송이 한국어로 통역 되어 나온다. 새의 자전거 경주는 볼만 하다. 한쪽이 승리한 이유가 기구 불량이라며 매니저가 원맨쇼를 한다. 기구를 바꾸고 경주했음에도 또 다시 청군 새가 승리했다. 이번엔 새가 심부름하는 장면이다. 관중 속에서 손님들이 돈을 주면 그 새가 받아 주인에게 준다. 준 손님에게 되돌려 주라고 하면 다시 돌려준다. 관중 양편에 자전거 바퀴를 놓으면 새들은 경주하듯 그곳을 통과해 다시 무대로 돌아 나온다. 앵무새가 주인처럼 말하는 것도 흥미로웠다.

아름답고 높은 산에서 케이블카를 탔는데, 바로 사람들의 노력으로 만들어 낸 센도아 섬이란다. 평지 위에 흙을 쌓아 자연처럼 만들어 낸 우람한 산이 대단하다. 관광 사업을 위해 너무나 엄청난 일을 싱가포르는 해낸 것 같다.

마지막 밤에 본 분수 쇼는 절정의 순간 자체로서 손색없다. 분수를 레이저로 쏴서 갖가지 모양과 물줄기를 통해 묘한 선율을 선보이고, 화려한 색상이나 글씨는 아쉬운 이국의 밤을 향수로 남기에 충분했다.

나는 이번 동남아여행에서 지구촌화되는 지금, 미래 중심축이 되려면 어떤 행동을 보이며 어떻게 변해야 하는지 충분한 해답을 얻은 것 같다. 우리나라의 60년대 환경은 베트남에서, 80년대는 말레이시아에서 보는 듯 했고, 미래지향적인 나라로는 깨끗한 싱가포르를 떠올리게 한다. 분명한 건 자국의 이익을 위한 강한 몸짓에서 경제성장과 함께 자존심의 미묘한 대결을 엿본 듯싶다. 이들 나라를 보면서 우리는 국가를 우선하는 변화를 보이고, 지도자는 국민을 위한 정직한 철학으로 투명하게 국정 운영을 사수해야 하지 않을까 생각해 본다.

등짐

친구에게서 전화가 왔다. 칠순잔치는 가족끼리 했으므로 오늘 점심이나 같이하자는 것이다. 거듭 부탁해서 방문하기로 했다.

마침 방안에 노모가 있을 걸로 예상하고 들어서자 친구는 앞을 가로막고 나를 본다. 나는 "살아계실 때 잘해 드려, 지나고 나면 후회스러워!"라고 했다. 그는 나를 마루에서 건넌방으로 안내했고 난 영문도 모른 채 끌려갔다. 친구는 나에게 벽을 보여 주었다. 사방 벽에 누런 똥물을 바른 흔적이 있고 퀴퀴한 냄새가 코를 진동시킨다. 아무 말도 못했고 집에 와서도 개운치 않았다.

이틀 후에 나는 응급실에서 깨어났다. 18시간 만에 손가락이 흔들리면서 의식이 돌아왔다고 한다. 집사람에게 왜 내가 여기 있느냐고 물었더니 어제 아침에 화장실에서 쓰러져 119구급차로 실려 왔다고 했다.

눈을 감고 조금 전 꿈을 되새겨 본다. 참 이상스러운 일이다.

앞이 잘 보이지 않는 길을 가고 있었다. 흰 건을 썼고 검은 복장을 한 집배원이 뒤에서 나를 찾았다. 집배원은 건너편 두 번째 집에 우편물을 전하라고 알리고는 바로 사라졌다. 난 빠른 걸음으로 우편물을 그 집에 건네주고 길 아래로 내려왔다. 그 후 가족들이 나를 흔든 것이다.

내가 병원에서 깨어날 당시 꿈속에서 우편물을 전해 준 곳은 며칠 전 칠순 잔치한 친구의 집이다. 친구 어머니가 돌아가셨다는 전화는 몇 시간 뒤에 받았다. 뜬금없이 이해할 수 없는 일을 당하고 보니 어안이 벙벙하다. 너무나 앞만 보고 달려 온 것에서 후회도 된다. 이제라도 살아온 날을 되돌아보고 정리할 일이 있으면 해야 된다는 생각을 해본다.

나는 서해안 바닷가가 있는 조그마한 어촌에서 유년을 보냈다. 아버지는 목수 일을 하셨기 때문에 외지에 나가 있고 주로 할아버지와 함께 지냈다. 논농사에 매달렸다. 새벽녘에 물 푸러 다니는 게 제일 싫었다. 꾸물거리거나 싫은 내색을 보이면 할아버지의 시선은 매섭고 날카롭다. 한번은 싫은 표정을 했다가 심하게 매를 맞은 일도 있다.

그 후부터는 당연한 일로 받아들였다. 밖에서 할아버지의 기침 소리가 들리면 어두운 새벽에도 눈 비비고 바로 나왔다. 할아버지가 두레박으로 눈을 주면 곧바로 바지게위에 두레박부터 옮겨 놔야하고 삽과 팽이를 얹은 채 뒷짐 진 할아버지를 따라야 한다. 옆에 있던 할머니가 찐 감자 한 개를 쥐어 준다. 그럴 때면 감자보

단 방죽의 물이 적게 괴었으면 했다. 동산에 있는 논 우물과 냇가 옆 논 방죽의 물을 퍼내려면 두어 시간은 넘겨야 하고, 집에 오면 늦은 아침이 된다. 무를 잘게 썰어 넣은 꽁보리밥이 있다. 아침은 밥을 먹지만 점심은 거의 굶는다. 저녁은 겉보리 죽을 먹지만 휴식이 있어 즐거웠다.

해가 뜨기 무섭게 하루 일이 시작되고 걱정 속에 지낼 수밖에 없다. 싫은 게 물 푸는 일이라면, 힘든 일 중의 하나는 나무하러 가는 일이다. 우리 집 소유의 산이 없기 때문이다. 항상 남의 산에 가서 몰래 나무를 해야 한다. 그러다가 주인에게 발견되면 나무를 뺏기는 것은 물론이고, 줄행랑을 치다 부상당할 때가 많다. 그보다 더 힘든 것은 지게라도 뺏기면 이중으로 괴롭다.

그 후로 나무를 해결하기 위해서 험한 산을 선택했다. 어촌에서 두어 시간 산을 타면 부석사라는 절이 있는 도비산이 있다. 아래 산은 근처에 주인이 있어 발각될까 무서워서 두렵고, 높은 산은 힘들지만 감시가 없어 수월하다. 억새풀, 도토리나무, 잡풀을 깎아 한 짐 만들고 새끼줄로 단단히 묶어서 지게 뒷발로 찔러 세운다. 나뭇짐을 지고 가파른 계곡 아래로 한참을 내려와야 산중턱에 닿는다.

오늘도 무거운 짐을 진 채 저녁노을을 보며 산길을 걸었다. 갈잎 자른 풋 냄새가 스멀스멀 풍긴다. 낮부터 배가 고팠기 때문인지 배고픈 건 못 느낀다. 무거운 나뭇짐을 집으로 옮기는 일만 머릿속에 꽉 찬다. 그런데 어둠이 깔리면서 큰 길 아래로 내려서는데 또 다른 일이 신경을 건드린다.

　서산 S중학교에 다니는 친구가 방금 차에서 내려 선 듯싶다. 큰길가에서 오른편 마을로 들어서는 게 보인다. 빈 반찬통이랑 옷가지를 등짐처럼 묶어 메고 오는 걸보면 오늘이 토요일인 모양이다. 중학교 모자를 쓰고 교복 입은 초등학교 동창을 어떻게 피해 갈까 걱정이다. 빨리 걸어도 친구와의 거리는 더 가까워진다. 친구와는 같은 마을에 살기 때문에 가는 방향을 바꿀 수도 없다. 마주치는 게 싫고 창피하다. 가던 길을 멈추고 잰걸음으로 뚝 옆길로 접었다. 그런데 나뭇짐이 한 쪽으로 기울면서 벼가 익은 논바닥으로 들어가 버렸다.

　땅을 짚었던 손바닥이 흙으로 버스럭거리는 순간 차가움을 느꼈고, 창피스러움이 정신을 확 달아오르게 한다. 이를 악물고 나뭇짐 챙기는 일보다 피할 수 있는 공간을 더듬었다. 그때 건너편에서 가을걷이하고 돌아가는 아낙네들이 내 모습을 보고 뭐라고 소곤거리는 듯싶다. 순간적으로 깊게 패인 언덕 밑에 납작하게 숨을 수밖에 없다. 잠시 후 일어나 보니 어두운 저녁인데도 친구 뒷모습이 희미하게 보였다. 그제야 논에 빠진 나뭇짐을 챙겼다.

　그날 밤도 잠이 오기는커녕 속상한 생각만 들었다.

　지금은 외손녀가 고등학교 3학년이다. 그리고 요즈음 등짐은 바뀌었다. 손녀딸 자신의 등짐은 책가방이다. 참 편리한 세상이고, 무겁지 않은 등짐일 뿐 힘겹기는 마찬가지리라. 그 뒤에는 할머니 짐꾼이 따라 다닌다. 내가 힘들게 살아온 날이 어제 같았는데 지금은 다르다. 엄지손가락 마디에 튀어나온 삶의 굳은살을 외면할 이유는 없지만, 현실을 직시해야 한다. 유년에 할아버지와 함께했던 무거운 등짐이 아니고, 이제 가벼운 짐으로 바뀌어가고 있다는 사실을.

　며칠 전 칠순잔치를 한 그 친구는 어머니 모시기 전 연천 한탄강 근처에 산소로 쓰일 야산을 사 놓은 후 크게 가묘를 했고, 상석 비석을 세웠다고 했다. 이번에 어머니를 그곳에 모셨다는 소식도 들었다.

　난 그런 생각을 갖고 있지 않다. 아버지는 '폐 끼치는 일을 하지 말라'고 늘 말했고, 임종 전에 나에게 눈으로 전달한 게 틀림없다. 가족 선산이 있지만 아버지는 바로 언덕 밑에 눕기를 원했다. 나는 그 약속을 지켰다. 아버지는 젊었을 때 이사 와서 임종 직전까지 이곳 어촌에서 살았고 많은 공을 남기셨다. 그래서 가족묘로 된 선산에 모셨다. 얼마 전 어머니가 돌아가셨을 때 야산 입구까지 왔는데 지역주민 대표란 사람이 갈 수 없다고 했다. 이유는 여긴 구역이 1구이고 고인의 집은 2구인데다가 자녀들이 외지에 살고 있기 때문이란다. 그럼 어떻게 하면 되겠느냐고 했더니 100만 원만 내면 된다고 한다. 그래서 후원기금을 냈고, 아버지 옆에 어머니를 합장하여 가족묘로 모셨다.

　내가 지금에야 영정준비를 하는 건 늦은 감이 든다. 삶은 예고 없는 바람 같은 것인데.

　이번 기회에 내 생각을 자식들에게 말할 필요가 있다는 것을 생각하게 한다. 큰딸 권유에 의해 응급실에서 병실로 옮겨진 지 며칠이 되었다. 이제는 자식들의 모습을 여유롭게 바라볼 수 있고, 편해 보였다. 네 자녀 중엔 의사, 간호실장, 종합병원 행정 간부가 있고, 아들은 고등학교 교사다. 젊은 나이에 그만큼 큰 것은 자신들의 노력 때문으로 인정하고 싶다. 거기다가 손자들이 둘씩 여덟이고, 남녀 성비도 넷씩 똑 같다. 얼굴에 주름살 심한 아내만이 침대 옆에 붙어 오래 전에 떨어져 나간 자녀를 보며 침묵하고 있다. 사실 네 자녀의 지금 모습은 집사람의 공이 크다. 오직 자식들 교육에 대한 등짐을 무겁게 지고 다녔기 때문이다.

이제 네 자녀가 아까보다는 편안한 얼굴로 나를 보고 있다.

나는 이렇게 말하고 싶다. '유년에 할아버지가 나를 강하게 키웠기 때문에 더 노력해서 오늘의 명예를 얻었다'는 사실과 '내가 죽으면 친척 외는 알리지 말고, 모든 자연은 그곳에 그대로 있게 하고, 나는 나대로 홀가분하게 가고 싶다'고 말할 것이다.

또 하나의 길목에서

집안에서 책장을 정리하다 생긴 일이다. 평생 교단생활하면서 모아 온 참고자료나 잡동사니를 이제는 간추려야 할 때가 왔다는 생각이다. 그 당시엔 이 자료가 소중했지만 지금은 쓸모없게 책장 주위를 맴돌기 때문이다.

그럼에도 이 순간에 소중한 것이 있다. 바로 당시에 남긴 일기 와 작품들이다.

1984. 2. 28.(화)

3월 1일부로 연천교육장이 임명하는 사령장을 들고 대광리로 가는 열차를 탔다. 초성리역을 지나 한탄강을 지나면서부터 산엔 불쑥불쑥 솟아오른 구멍을 볼 수가 있고, 그것들이 무섭게 나를 노려본다.

연천교육청에서 신고를 끝내고 안내양에게 물어 H초등학교 앞도로변에서 내렸다. 학교 건물이 훤히 보인다. 넓은 운동장에 비하면 건물은 아담하기만 하다. 정문 앞 원형화단 중앙의 향나무는 장승처럼 서 있고, 밑에 엎드린 흰 꽃들이 마음의 위로를 주는 듯하다. 망설이다가 주위를 살펴보았다.

앞엔 가게가 있고 두 아낙네가 나를 예의 주시하면서 이상한 표정을 짓는다. 도로 앞 차가 지난 자리에는 언제 나타났는지 어린이들이 몰려와 돌차기를 하고 있다. 잠시 후에 봉고차가 지나가자 한 남자아이가 돌을 봉고차에 던진다. 또 다른 아이들도 돌을 던진다. 나는 그들에게 주의를 주었다. 그때 차가 멈추고 운전사가 뛰어 나오자 어린이들은 쏜살같이 골목으로 사라진다. 봉고차 운전사는 돌에 찍힌 자국을 손으로 만지고는 분노한 얼굴로 차에 오른다. 내가 이곳에서 무엇을 해야 할지 그들이 보여준 것 같아 흥분하면서 학교 정문으로 들어갔다.

1984. 3. 2.(금)

처음 자치생활이 시작되는 날이다. 교무실에서 교육계획서로 고민하다 저녁 늦게야 사택으로 돌아 왔다. 잠을 청했지만 잠이 오지 않는다. 자신과의 싸움을 어떻게 극복하고 어린이들을 지도할지 생각해 본다. 너무 마음이 답답해 밖으로 나왔다. 좀 떨어진 산 위에서는 포사격의 칙칙한 포성이 불기둥과 함께 공중을 향했다가 다시 사라진다.

이곳은 도시 어린이들과는 사뭇 다르다. 인원이 적어서인지 수업할 때 상호 대화 없이 혼잣말처럼 주로 말을 한다. 발표도 허락 없이 제멋대로 한다. 난 기본 생활습관에 대해 말했다. 교사의 역할을 설명했고, 어린이들에 대한 책임을 강조했다. 여전히 떠들면서 듣고 있다. 변화가 보이지 않는다. 물러 설 수 없다는 마음으로 그들의 생활을 바로 잡겠다고 결심했다. 정신적으로 건강하게 하고, 몸의 건강도 지키도록 책임을 지겠다고 했다. 그랬더니, 한 아이가 "병나면 병도 고쳐 주나요?" 하며 불쑥 일어나 질문을 한다. 그러면서 그럴 리가 없다는 식으로 옆의 아이에게 눈을 꿈쩍거리며 회의적인 표정을 짓는다.

나는 "병도 고쳐주겠다"고 답변했다. 시간이 지날수록 생활지도의 어려운 일이 많겠다는 생각이 든다.

1984. 3. 9.(금)

어젠 환경정리 때문에 늦게 잠들었지만 연탄불 꺼 젓던 일이 떠올라 일찍 부엌으로 나갔다. 연탄을 갈고 찬물로 세수를 하니 매우 상쾌하다. 바로 그 순간 논 하나를 사이에 두고 뒷산에서 또 포사격 소리가 들려 한국전쟁을 연상케 한다. 세수한 손끝이 부엌문 손잡이에 닿자 탁탁 빨려 들며 아려 온다. 앞에서 보이는 운동장 건너편 3학년 교실을 보았다. 오늘은 폭발물 위험에 대한 안전지도를 한 후 일기를 쓰게 하도록 해야겠다. 주변에 사격장이 있어 위험 요소가 많고 실질적 지도가 필요하다는 걸 느끼 게 한다.

낮엔 심한 바람이 먼지를 몰고 멀리 북서쪽으로 갔었는데 저녁엔 때늦은 눈이 제법 쌓여 발등을 덮고 있다. 남쪽 멀리 보이는 불빛은 내게 중심을 잃지 말라는 희망의 신호탄으로 보인다.

그리고 한 달이 지난 후의 일이다. 내게 생각지 못했던 불행한 일이 일어났다. 그래서 아동들의 작품은 일기와 함께 더 소중한 귀중품으로 남을 수밖에 없다.

3학년 담임으로 P를 맡았다. 4월 중순쯤이다. 오후 4시 30분경 제자 P가 폭발물 사고를 당했다는 연락을 받았다. 그 날은 토요일이어서 일찍 퇴근해서 집에 있었다. 학교로부터의 사고 소식이 와서 현장에 도착한 것은 오후 7시경으로 생각된다.

장독대 주변이 심하게 파여 있고 툇마루 주변도 파편에 의해 벽과 문이 날아갔다. 일부 담 벽에는 튀어 있는 살점을 떼어 낸 핏자국이 군데군데 있어 당시의 처참했던 상황을 보여주었다. 마을에 사는 체육회장의 안내로 교장선생님과 나는 마을회관으로 갔다. 방안에는 P의 아버지를 중심으로 뺑 둘러 앉아 있었다. 무거운 침묵 속에서 간간이 부대 사격장 이야기가 나왔고, 부대에서 불발탄을 수거하지 않아 사고를 당했다고 강한 불만들이 쏟아져 나왔다. 그러면서 간접 원인은 우리에게 있고 주범은 부대사격장 지휘관이라고 분노하였다.

그날 밤 사택으로 돌아와 뜬눈으로 밤을 새우고 다음날 아침 다시 현장에 나갔다. 영구차가 현장에 도착한 것은 10시가 좀 넘어서다. P의 시체가 관에 담겨 지역 주민들에 의해 옮겨질 때 학부모들은 할 말을 잃고   말았다.

사고가 나던 날 그의 부모는 동네에 사는 L의 집에 도배를 도와주러 갔고, 그 사이에 P의 집에서 '펑' 하는 강한 폭음과 함께 집벽이 날아갔다고 한다.

정말 기억하고 싶지 않은 일이 심한 오열을 타고 가슴속으로 몰려온다. 더욱이 노란 봉투에 담긴 P의 그림과 L의 일기는 또 다른 입장에서 마음을 힘들게 한다. P가 장독대에서 폭발물을 가지고 놀다가 사고 나던 당시 같은 반 L은 P의 여동생과 함께 방에서 놀았다고 한다. L은 일기를 통하여 그 일이 생긴 후부터는 밤이 걱정이라고 하였다. 어떻게 하면 P의 이름을 잊어버리고 잠을 잘 수 있을까 고민했고, 꿈속에서 P의 웃는 모습과 우는 소리가 심하게 들려 잠을 깨면 엄마 옆에서 떨고 있을 수밖에 없다고 썼다.

이제 L에겐 P의 무서운 추억을 도려내고 강한 의지로 굳건하게 살기를 바라고, P는 하늘나라에서 편안하게 쉬면서 인간의 오만과 어리석음을 잊고 큰 별로 남기를 바라는 이유가 있다. 그것은 바로 사고가 나던 전날 미술시간에 그린 P의 미술 한 작품이 '하늘나라의 무지개 도시'로 그림 위에 큰 별을 그렸고, 또 한 작품 '빨간 장미'는 안타까운 현실을 표현한 것 같아 두 장의 그림이 상징처럼 남아서 그렇게 되기를 바라는 마음에서다.

주제에 대한 나의 생각

　요즘 작품 제목을 보면 과거와는 사뭇 다르다. 『나는 남들과 무엇이 다른가』 『왜 그녀들은 회사에서 인정받는 걸까』 『사람의 목소리는 빛보다 멀리 간다』 등 서점에서 인기 있는 작품일수록 더욱 그렇다. 『멈추면 비로소 보이는 것들』 『달팽이가 느려도 늦지 않다』 등 단어가 아닌 문장으로 제목이 바뀌고 있고 최근에는 경영이나 경제 내용으로 옮겨가는 느낌을 준다.

　주제에 대한 나의 평소 생각은 1960년대부터 80년대 초까지는 '선율의 대결'과 '시대의 격정'을 고민했고 그 후엔 교단에서 아동 교육과 승진의 갈등으로 뒤엉켜 작품 활동은 소홀히 하고 특별활동지도, 글짓기대회 심사위원, 교육청 문예지 편집에 참여한 정도다. 2000년대 정년 이후 '점으로 분산되는 것들'을 대상으로 해서 글을 썼는데, 그때도 주제를 바꾸는 경우가 잦았다. 만족하지 못해서 소주제에 대하여는 늘 고민했었고 지금도 결론 없이 진행

중인 걸 보면 주제의 일관성에서 비롯된 것 같다. 소재를 중심으로 감싸지 못하고 내용을 벗어나는 예가 많다. 사치스럽게 겉도는 주제보다 내용을 끌어안는 그릇이 될 때 작품 가치가 높다고 생각한다. 그와 관련된 내용을 지난번에 느꼈던 내용에서 찾아본다.

첫날 을지로 롯데백화점 문화센터 수필반에서 강의 중에 두 작품을 다루었고, 시간이 없어 다루지 못한 작품이 있다. 그 작품 이름이 「사슴목장 나들이」인데, 난 내용 자체를 매우 좋게 보았다. 가식이 없고 생동감 주는 깔끔한 글로 단순한 문장이지만 주변 묘사 없이 움직임이 보이고, 진실한 마음을 주는 데에도 무리가 없어 보였다. 그러나 내용에 충실해서인지 주제의 일관성을 벗어난 느낌을 받았다. 그 작품은 가족의 사랑에서 주제를 꺼내야 되지 않았나 생각되고, 그 이유를 지난날 경험한 초등학교 국어교과서 작품에서 찾아보고 싶다.

1971년도 동두천 C초등학교에서 근무할 당시 일이다. 5학년 2반 담임을 배정받아 국어 수업 중에 「나루터」란 단원을 공부할 때다. 전체 읽기가 끝난 후 의아한 점이 있어 솔직하게 학생들에게 나의 느낀 소감을 설명했다. 이 작품은 주인공 수정이가 토요일 날 학교에서 조퇴하고 집으로 가는 데서 시작되고, 온종일 배나무 밭에 가서 어머니 오빠와 함께 밑거름도 주고 풀 뽑고 나뭇가지를 정리하는 일로 전체를 차지한다. 맨 끝부분에 단 몇 줄 정도 '나루터'에서 집으로 가는 장면이 나온다. 어머니와 뱃사공의 대화에서 '배가 잘 열리면 수정이 공부하는 데 큰 도움이 되겠다.'는 내용이 한두 줄 정도 나오면서 끝을 맺는데 어떻게 이 작품이 '나루터'가 될 수 있느냐고 흥분하면서 작품제목을 '배나무 밭'으로 고쳐야 되겠다고 강하게 주장한 바가 있다.

그 다음해 6학년 4반 담임을 했다. 수업이 막 끝나고 쉬는 시간이다. 5학년 때 부반장을 했던 B가 같은 반 어린이들과 함께 6학년 4반 교실로 몰려와 호들갑이다. "선생님, 선생님 말씀이 맞았어요. 5학년 동생 국어책에서 봤어요. 「나루터」가 내용은 그대로고 제목만 「배나무 밭」으로 바뀌었어요." 그러면서 나를 한참동안 바라봤던 모습이 지워지지 않는다.

결론적인 생각은 집을 예로 들면, 주제는 그 내용을 대신할 수 있는 주춧돌이 돼야 하고, 내용 속에는 주제가 용해되어 힘을 실어줄 수 있는 대들보가 되어야 한다고 생각한다. 좋은 주제는 「대금산조」「침향」, 2010년 한국수필 3월호 「존재의 집」과 같은 주제가 대표적인 작품으로 여겨진다. 누구도 흉내 낼 수 없는 좋은 주제로 단정 짓는 이유는 그 내용 속의 향기가 주제에 가득 넘치기 때문이다.

뻐꾹새

봄볕이 무척 따스하다. 뒷산에서 뻐꾹새가 울어댄다. 문득 뻐꾹새 울음소리가 가슴속으로 들려온다. "뻐꾸 욱, 뻐꾸 욱—" 뻐꾹새는 왜 그리 슬픈 소리로 우는 것일까? 갑자기 30년 전의 B가 떠오른다.

그는 내 젊은 시절의 제자다. 산골마을 P초등학교에 근무할 때다. 4학년 담임을 하면서 만났다. 공부도 잘했지만 무척 나를 따른 귀여운 어린이다. 그 당시 본교가 시군시범학교 운영으로 '깨끗한 학교 가꾸기'를 실시했던 때다. B의 도움이 컸다. 청소에서 정리 정돈까지 매우 잘했다. 꽃 가꾸기도 앞장서 도와 줬다. B가 내 마음을 사로잡은 결정적인 이유가 있다. 한번은 방과 후 교실 청소를 시키면서 학교업무를 보고 있을 때다. 우람한 남자 학부모가 찾아 왔다. 폭발물 사고의 단서를 찾은 듯 교실 문을 확 열고 들어오더니 "선생이 이런 식으로 학생은 뒷전이고 업무에 치중하니 사고가 안날 수 없지" 하자, 뒤쪽에서 청소하던 B가 앞쪽으로 달려온다. 비를 든 채 학부모를 보면서 "선생님이 우리를 얼마나 잘 가르쳐 주는지 알아요." 하자 청소하던 아이들이 우르르 몰려와 아저씨를 둘러싼 채 노려본다. B가 다시 "아저씬 참 나빠!" 하며 학부모를 보는 눈빛이 매서웠다.

2년이 지난 후 6학년이 된 B를 또 담임 교사로 만났다. 전보다 더 마음이 흐뭇하고 반가웠다.

신학기가 조금 지나서다. B가 전과 다르게 수업 중에 창밖을 보는 습관이 잦아졌다. 뻐꾹새가 울 땐 더 정신을 놓고 바라보는 모습을 육감으로도 알 수가 있었다.

방과 후 텅 빈 교실에 오게 하여 조용히 물어 보았다. "너는 왜 수업시간에 창밖을 자주 보는 거지." 그랬더니 '뻐꾹새' 때문이라고 한다. "뻐꾹새! 뻐꾹새 소리가 왜?" B가 고개를 숙인 채 한동안 말이 없다. 뻐꾹새에 무슨 일이 있느냐고 조심스럽게 재차 물었다. B는 또 창밖을 한참 바라보더니 입을 열었다. 작년 봄 뻐꾹새가 울던 날 어머니가 뒷산에서 나물을 뜯다가 높은 절벽에 떨어졌다는 것이다. 주위사람의 도움으로 병원에 갔으나 며칠 후에 돌아가셨다고 한다. 뻐꾹새 울음소리가 들리면 엄마가 보고 싶어 창밖을 바라보게 된다고 했다. 엄마가 보고 싶다면서 또 눈물을 글썽거린다.

"그랬구나!" 그를 위로해 줄 말이 떠오르지 않았다.

나는 문득 B가 생각났고 뻐꾹새 소리는 나를 아득한 옛날로 돌려보내고 있다. 이제 B는 50을 넘은 세월을 살고 있을 게다. 지금도 B가 뻐꾹새 소리를 들으면 먼 창밖을 바라보고 있을까?

봄이면, 뻐꾹새가 울면 B가 문득 문득 생각난다.

살아 숨 쉬는 꽃

과녁에 꽂힌 화살처럼 황혼녘에 서 있기에 그 아쉬움은 더욱 크다. 살아 숨 쉬는 꽃을 더 보고 싶고 원하는 이유를.

그곳엔 오관이 열린 채 생명력이 꿈틀거리고 있고 향이 짙어 마음을 들뜨게 한다. 아름다움이 주위를 둘러싼다. 그는 인간에게 정서가 숨 쉬는 즐거움과 건강의 촉진제 역할도 해주고 있다. 그것은 오직 상대방을 진심으로 사랑하고 있기 때문 일 것이다.

그런데 사람들 중에는 사랑을 이기적으로 이용하고 잘못 아는 사람이 있다. 인간의 뜻은 사람들 서로가 의지하며 살아가라는 말인데 그렇게 판단하지 않는 것 같다. 상대방을 보듬는 마음이 부족해 인류의 변화가 원하지 않는 길로 갈수도 있겠다는 마음을 떨쳐버릴 수 없다.

그것은 바로 죽음으로 가는 화장터이다. 자신만의 욕심을 채우는 건 매우 어리석고 위험한 발상이다. 농경사회에서는 환경변화가 크지 않았지만 지금은 다르다. 스피드로 불나비처럼 순간에 자멸하는 인간의 끝이 보이고 있다.

최근 큰 사건들이 얼마나 많이 불꽃 튀듯 했는가. 자연재해라는 우주의 지진도 한 몫을 했고 인간의 이기심이 가세해 암흑의 길을 재촉했다.

빙산의 일각 일 수 있는 시리아의 내전에서 화학 무기를 사용한 예가 예사롭지 않다. 일본 원자로 폭발 사고에서 나온 방사선 핵 물질이 바다로 뛰어들어 남태평양을 삼키고 그 오염이 인류의 생명을 위협받게 할 일은 아닌가 싶다. 인간이 저지른 지구의 온난화 현상에서 오는 이상기온도 가세하고 있다.

돌이켜보면 인간 대결에서 이념이 싹텄고 개인의 욕심이 국가 이익을 불러왔다면 이제 우주의 행복을 얻기 위해 어떻게 할 일인지도 고민해야 한다.

개인보다 인류의 삶을 보듬는 바람직한 변화로 가도록 노력해야 한다. 자연의 근본 원리를 찾아서 변화는 인정하되 훼손 하지 말고 가치추구는 개인보다 인류의 삶에 중심을 두어야 한다.

사람은 혼자서는 살 수가 없다. 이기적인 삶은 조화와 같다. 늘 무기력하고 그늘진 모습이다. 말을 걸어도 대답이 없고 숨을 쉬지 않는다. 오히려 자신의 오만을 비웃기 때문에 고개 숙인 채 병든 닭처럼 침울하게 서있지 않은가. 겉으로 보기엔 아름다워도 꽃의 생동감이나 넘치는 생명력이 없고 진정성이 없어 늘 무기력한걸 보면 알 수 있다.

혼자 살려는 욕심은 조화에 불과한 보잘것없는 망상이다. 실제로는 살 수도 없다. 활력이 넘치는 진정한 마음이 없어 장승처럼 서 있을 뿐 사실은 무덤 속 시체처럼 보일 뿐이다. 좁은 공간에서 표정 없이 상대를 보고 떨고 있는 걸 보면.

그런데 살아있는 꽃은 무한한 자연 속에서 자신의 꽃을 피우려고 향기도 내 보이고 인간의 마음까지 사로잡고 있다.

상대방을 속이고 욕심에만 묻혀있는 건 올바른 사고가 아니다. 큰 일이 일어나면 그제야 잠시 걱정하다 다시 욕심을 취하는 것도 마찬가지다.

이젠 환경변화가 빛처럼 빠르다.

밝은 세상을 원한다면 정신혁명도 시대에 맞게 가야하고 온 세계가 공유할 수 있는 세상으로 만들어야 한다. 재빠른 물질 변화에 마음도 함께 가야 한다. 그건 인류가 사는 길도 되지만 결국 자신이 살 수 있는 길이기도 하다. 개인자신의 욕심은 자멸의 길이다. 함께 사는 길을 찾고 그에 맞게 이해와 긍정적인 삶을 나누어 가야 한다.

집단이나 개인의 욕심이 인류에게 희생시키는 일은 더 이상 방치해선 안 된다. 이젠 그걸 지혜롭게 극복하는 양심의 문을 열어 만물이 소생하는 길로 가도록 만들어야 한다.

모든 일이 상대방을 진심으로 사랑하는 원리에서 찾아가야 한다.

이제 살아 숨 쉬는 꽃을 재조명하고 인간들의 생각이 새롭게 변화하도록 마음의 문을 활짝 열어가야 한다.

수필 다시 보기

수필은 사람의 눈과 빛을 통과하는 창문을 통해 조명하는 것이 제격이다. 아침 햇빛을 받아 조용히 풀잎에 내린 이슬의 몸짓도 보고, 인간들의 생동감을 가감 없이 들여다 볼 수 있다. 거기에 수필이라는 문장이 더해서 일치된 하모니를 연출한다.

미래를 열어가는 눈과 창은 오묘한 가치를 지니고 있어 퇴색된 순간의 모습은 점점 가라앉게 하고, 또 새로운 창에서 파닥거리는 그 모습을 보고 싶은 건 선택의 여지가 없다고 본다.

인간은 창을 통해 사물을 관찰하거나 삶을 소모하고 있는지도 모른다. 그곳엔 우리가 늘 요구하는 모든 것들이 들어 있기 때문이다.

나는 창을 관찰 대상으로 생각해 보고 있다. 창은 물체를 볼 수 있게 함은 물론 광명을 준다. 광명은 태양을 의미한다. 사람은 눈이 그 창이고, 집은 그 창이 눈일 수 있다. 창은 자연과 인생을 번갈아 보는 기구이면서 알몸을 송두리째 내보이고 있다. 창은 닫히지 않고 열린 채 보여서 언제나 볼 수 있으며, 눈은 눈에 의하여 창은 창을 통하여 온 세상이 하나의 완전한 투명체임을 비교해 볼 수도 있으리라.

우리는 열차에서 좌석을 택할 때 창 쪽을 원한다. 물론 보는 대상이 무엇인지도 모르면서 뭔가 보기를 원한다. 심지어 공포 영화의 무서움까지 보려는 호기심을 가지고 있지 않은가? 여행에서 미지의 세계로 달릴 때 목적지 달성만 중요한 건 아니다. 적어도 눈앞에 펼쳐지는 세계의 모습을 관찰하면서 자신의 성찰을 찾는 창으로서의 대상도 의미가 깊다. 불의의 사고가 났을 때도 사람들은 가까운 창문에 벌떼처럼 매달린다. 현장의 위급한 상황을 확인하면서 욕망의 충족을 얻기 위함일 것이다. 밀집된 도시나 푸른 바다의 모습을 보며 우리는 서로 상반된 마음을 갖는다. 달리는 창은 그것을 변화무쌍하게 잘 묘사해 낸다.

수필을 쓴다는 것은 문장 기술도 요구되지만 상대방 마음을 사로잡는 감동이 필요하지 않나 싶다. 잘 짜인 글이라도 읽는 사람이 그 글을 탐탁하게 보지 않는다면 작품의 생명이 있는 건지 의문이다. 이는 곧 작품 구상에서부터 고민하며 창을 관찰할 필요가 있는 것이다. 물론 소설이나 시도 크게 다르진 않겠지만 체험을 통한 독특한 특성을 지닌 수필의 몸짓이야말로 제격인 듯하다. 1954년경 중학교 국어교과서에 나온 「청춘예찬」이란 글이 아직도 내 머리를 감싸고 마음을 흔들어댄다. 문체의 중요성을 이태준의 『문장 강화』에서 비중 있게 말한 점도 높이 평가하고 싶다.

　소설과 시가 내용을 숨기고 긴장을 주는 글이라면 수필은 솔직하게 자기 체험을 표현한다. 무대의 막은 열린 채 알몸을 보이므로 어떠한 동작의 알갱이도 훤히 보인다. 그 사람의 것이 작품에서 잘 보인다. 그래서 수필은 자기의 심적 나체라고 했는지 모른다.

　이상은 「권태」에서, 길 한복판에서 아이들이 놀고 있는 모습을 나타냈다. 천진난만한 모습을 짜임새 있게 보여주어 읽는 이로 하여금 우스우면서도 슬프고 재미가 있어, 다시 읽어도 지루하지 않다. 문장 연결과 내용, 작가 특유의 말솜씨가 매우 중요하다는 것을 말해준다.

　수필은 인식의 필요가 요구된다. 겉으로 보이는 사실보다 속에 담긴 내용을 표현하여 눈에 들어오게 하는 데 수필의 장점이 있으며, 독특한 맛을 지닌 문장으로 감칠맛 나는 묘미를 갖도록 해야 한다.

　수필은 문장이 모여 작품을 만든다. 문장은 일체의 언어로 짜이는 천이라 할 수 있다. 언어에 따라 여러 가지 옷이 탄생된다. 비단 같은 문장이 될 수도 있다.

　문체란 문장의 체제다. 문장은 문장을 구성하는 단어들의 뜻만으로 표현이 이루어지는 것은 아니다. 구성이 표현의 한 몫을 해주지 못하면 제 구실을 할 수가 없다.

　문장의 형식은 문체를 의미하며, 형식 없는 내용은 있을 수 없기에 문체는 가볍게 볼 수 없는 이유가 된다. 영국의 평론가 페이터가 '스타일은 그 사람'이라고 말했고, 프랑스의 소설가 스탕달도 '스타일을 만들어 내는 것은 곧 그 작품을 품격 있게 하는 것'이라고 했다. 사실 작품에서 필자 느낌을 빠르게 드러내는 것은 내용보다 문체인 점을 봐도 그렇다.

오늘날 문장은 연설 이상으로 필요한 인류 문화를 이끌고 있다. 우리가 표현하는 것은 마음, 생각, 감정이지만 이것과 가까운 것은 말이다. 과거의 문장은 글을 어떻게 다듬을까에 주력했지만, 현재는 다르다. 과거에는 문자가 원만했어도 감정이 약해 시선이 떨어졌다. 그 대안으로는 글을 완전하게 묶지 못해도 우선 말을 살리면서 감정을 일으키는 데 있다. 개인이 갖고 있는 특이한 표현을 갈고 닦는 일이 중요하다. 새로운 문장이 요구된다. 어떤 내용을 살피고 관찰할 때 그에 필요한 독창적인 문장이 요구되고, 그 요구되는 문장을 개발하여 새 장을 열어갈 수 있게 해야 한다.

언어는 이미 존재하는 것이다. 현재 우리에게 부딪치는 생각이나 감정이 기존의 단어에 만족할 수 없다. 현실에 맞게 새로운 용어나 문체를 개발해야 할 필요성이 요구되고, 그렇게 변해 온 것이 사실이다. 과거 문장과 현재 문장이 명확하게 입증해 준 것 자체가 그렇다. 앞으로도 시대가 요구하는 새 문장으로 바뀌고 어휘도 변해 그 시대 사람들의 정서를 충족해 주는 쪽으로 흐르는 물처럼 변해갈 것이다.

수필 쓰는 모든 사람은 문장에 앞서 언어의 책임이 더 크다는 것을 받아들이고 실천해야 한다. 미래를 열어가는 역할을 담당한 눈과 창을 무한의 의미를 삼켜 버리는 오묘한 빛으로 설명하고 싶다. 하모니를 연출하는 글을 쓰는 작가는 독자가 무엇을 요구하는지 심각하게 고민해야 한다. 그것은 바로 눈은 올바른 눈을 통하고, 창은 투명한 창을 통해 가치를 찾아야 한다는 것이다. 수필 쓰는 작가는 사람을 관찰하면서 그들의 정직한 입맛을 찾게 하는 또 다른 모습의 수필에 고민해야 하는데, 자신의 삶을 불태워야 하리라.

싸늘한 가을 밤, 가슴에서 별이 지다

9월의 마지막 밤은 유난히 싸늘한 밤이었고, 별 하나가 땅 아래로 곤두박질친 날로 기억하고 싶다.

공석하 교수는 아직도 할 일이 많은데 숨 쉴 여유도 없이 갑자기 세상을 등지고 말았다. 간다는 말 한마디 없이 눈에 비를 뿌리고 가슴엔 상처를 준 채 떠난 이유를 알 수가 없다. 마음이 아려 숨을 쉬기가 버겁다.

시인 공석하 교수는 덕성여대 문예창작 회원들에게만은 별처럼 사라진 분이라고 부르고 싶다. 아직도 작품 활동에 열성적인 면을 보였기 때문이다. 경기도 안성에서 태어나 동국대학교와 연세대학교 대학원을 마치고 덕성여대에서 교수를 역임했다. 1960년도 1회 자유문학상 시 부문에 당선돼 문단에 나와서 눈부신 활약을 했다. 그런데 현실의 마지막은 뿌리문학 대표로 계간문예지 <가을> 39호를 남기고 무거운 짐을 벗은 채 편안한 곳으로 가셨다.

덕성여대 교수로 있으면서 시집 ≪像의 주문≫ ≪겨울 抒情≫과 감상 작품으로는 ≪우리 고전 시 감상≫ ≪영미시의 이해≫ 소설에서는 ≪거지화가 최북≫ ≪이휘소 1,2,3≫ ≪공자를 찾아서≫ ≪참성단을 찾아서≫ ≪프로메테우스의 간≫ ≪삼풍 백화점≫ ≪예수는 없다≫ ≪고도를 위하여≫가 있고, 철학적 에세이 ≪21세기 공자≫ 등 우리에게 길을 열어 주는 수많은 좋은 책을 출간했다. 그런데 사무실을 처음 들렀을 때 뿌리출판사의 5평 남짓한 초라한 공간에 놀랐고, 그걸 보면서 그분의 강직함과 순수함을 보는 듯 했다.

이우영 시인은 이렇게 말했다. 공석하 교수는 시, 시조, 소설, 에세이 등 문학의 다양한 장르에 걸친 특이한 작가라 했고, 시와 시조는 순수시에서 참여시까지 망라되어 있으며, 소설 역시 역사소설에서 현대소설, 생활소설까지 그 폭이 넓다고 했다. 그의 소설에서는 역사의 아픔을 파헤쳐 현재 우리가 서 있는 자리를 인식하게 한다고 말했고, 대표적 작품으로 ≪거지 화가 최북≫ ≪이휘소≫ 소설을 말하면서는 양주동 박사의 말을 인용하기도 했다. 양주동 박사는 그를 19살에 문단으로 내보내면서 '경이적 발견'이란 표현을 했고, 그게 그에게는 가장 잘 어울리는 평가라고 말한 걸 보아도 공석하 교수의 행적을 알 수 있다.

내가 그분을 알게 된 건 2011년 3월초, 덕성여대 평생교육원 문예창작과에 등록하고 강의를 들은 후부터이다. 온화한 성품에 쾌활한 웃음이 수업에 활기를 주었고 인간의 온기가 느껴졌다.

작품 활동에 대한 강의를 하면서 늘 현실적으로 존재하는 사실들을 면밀히 검토하게 하였으며 개연성, 진실성에 초점을 두도록 하는 것에 남다른 면을 보였는데 이젠 아쉬움만 남게 되었다.

공석하 교수는 공자의 77대손답게 마음과 행실이 현대판 공자라고 해도 과언이 아니었다. 매주 수요일 오전 11시에서 오후 1시까지 강의할 때마다 환한 미소와 웃음소리가 120분 동안 떠나지 않았다. 이제 그 모습을 어디서 찾고 살아야 하는지 그리운 심정 표현할 길이 없다.

가을 학기에 들면서부터 그 호탕한 웃음이 적어 이상하다는 생각은 했지만 별다른 생각은 하지 못했다. 그런데 세 번째 강의하던 날, 복도에서 교실로 들어서는데 회원들이 불안하게 서성이고 있었고, 공석하 교수가 서울아산병원에 입원했다는 것이다. 응급실에 있어 병문안도 어렵다고 했다. 우린 다음 주 수요일 12시에 교정에서 만나 병문안 가기로 합의하고 헤어졌다.

당일 12시 덕성여대 교정에 도착했을 때 반장과 회원들이 벌써 와 있었고, 공석하 교수는 이미 별세했다. 오후 늦게 회원 일행이 병원에 도착했을 때 장례식장 2층에 빈소가 마련되어 있어 회원들은 할 말을 잃고 말았다.

그날 저녁 늦게 집에 왔고 다음 날에도 빈소를 찾았다. 우리 회원들은 한쪽에 둘러앉아 그분을 애도했다. 나는 밖으로 나와 어둠에 싸인 주위를 살펴보았다. 9월의 마지막 날답지 않게 찬바람이 불었고, 별 하나가 마지막 빛을 마무리 못한 채 떨어진 기분이 들어 마음이 심하게 아려왔다. 아직도 에너지가 남아 있는데, 더 살면서 날카롭게 현실을 비판하고 고통을 깨며 밝은 세상을 만드는 데 일조해야 할 분이 서둘러 떠난 기분이다.

생각해 보면 겉으로 내색은 안했지만 나름대로 현실의 고민과 삶의 고난이 쌓여 속으론 까만 숯덩이가 되어 그의 마음이 힘들지 않았나 싶기도 하다. 역량 있는 책을 많이 발표했고 나름대로 인기를 누렸던 분이 사무실도 초라했고, 점심은 지하상가 간이식당에서 찌개백반으로 허기를 달랬던 걸 보면 그의 성품을 가늠하게 한다.

교실에서는 쉬는 시간도 없이 강한 음성으로 위인들의 삶을 외쳤고, 우리들의 목소리를 질타하면서 호탕한 웃음으로 에너지를 주기만 했지, 고마운 마음을 미처 받지도 못한 채 훌훌 떠나고 말았다.

지금도 그 모습과 숨소리가 들리는 듯하다. 얼핏 보기엔 호탕한 웃음이 강인해 보였는데 그 내면의 온화함과 섬세함에 또 다른 고민들이 가슴을 짓눌렀는지도 모른다. 그걸 참고 걸어온 순간이 슬픈 화면으로 우리 가슴에 와 닿아 너무 마음이 아프다. 내면에서 끓는 참을 수 없는 고통이 문학적 고민이건 현실적 사실이건 공석하 교수에겐 결정적 운명을 가져온 듯싶다. 너무 허무하다는 마음만 든다.

공석하 교수는 평소 우리에게 산을 알려주고 말없이 떠난 분이라고 생각된다. 그가 펴낸 소설 ≪참성단을 찾아서≫에 알려준 산은 다음과 같다.

"산은 진리 그 자체다. 산은 아무 말도 하지 않는다. 아니다 산은 우리가 모르는 말을 수없이 하고 있다. 듣는 자 있거든 들어라. 그래서 공자도 구니산에서 도를 깨우쳤고 석가도 룸비니 산에서 도를 알았고 예수도 감람산에서 하나님을 만났으며 마호멧도 히라산에서 진리를 터득했다.” 고 했다. 공석하 교수는 결국 뜻하지 않게 산으로 갔으니 우리는 할 말을 잃을 뿐이다. 그러나 그분은 산을 통해 수없이 많은 의미를 주고 산으로 직행한 건 우리에게 또 다른 생각을 갖게 한다.

1986년 1월 겨울, 설악산 비선대를 오르면서 메모한 내용 한 구절이 기억된다. ‘나는 죽어 비선대의 물줄기로 흐르고 너는 죽어 선녀 되어 그 물줄기로 몸을 씻으며’란 메모 내용이 더 마음을 아련하게 한다. 또 이런 말도 했다. 산에 올라 정상에서 공간을 터득한 사람만이 하늘의 뜻을 살필 수 있다고 했다. 산에 가면 산처럼 순수해지고 깨끗해져 산을 닮을 수밖에 없는데 사람들은 산을 정복한다고 하니, 그 말은 인정하려고 하지 않았다. 산은 누구에게도 정복당한 일이 없다고 한 그 의미를 곰곰이 생각해보게 한다.

이 추모의 글은 공석하 교수의 깊은 뜻이 후세에 널리 이어지기를 바라는 마음 간절하며 우리에게 준 사랑에 감사함을 전한다.

이제 아픈 일 없이 편안하게 쉬소서. 맑고 호탕한 그 웃음이 슬픈 가슴속 내면으로 흐를 수 있도록 진정한 모습으로 환하게 잠드소서.

4

마지막
머무는
순간

첫눈에 꽂힌 그대였는데

아내를 처음 보았을 때다. 나는 가슴이 두근거렸고, 눈을 감자 환한 태양이 짓누르고 있었다.

수필을 쓰면서 가족 관련 20여 편, 직장친구 관련 20여 편을 쓰고, 우주적 관찰 15편 정도를 써서 수필집 한 권을 출간할 생각이었다. 내용들은 평소 생각한 의미를 유서처럼 쓴 게 많이 있다. 정작 아내 이야기는 들어 있지 않다. 결혼 후 곁에서 그림자처럼 함께한 아내 이야기를 빠뜨린 거다. 가족 모두의 내용을 쓰고 아내의 글을 빠뜨린 건 무심한 마음에서 온 것일까?

아내를 알게 된 건 대학 시절 친구 D에 의해서다. 그는 내게 "좋은 여자가 있으니 직장에 다니는 친구들 중에서 결혼을 전제로 맞선보게 하자"고 했다. 그때 고향 동창생 A교사를 소개해 준 것이 시작이었다. D가 여자를 데리고 나왔고 난 A교사와 함께 종로에 있는 단성사에서 『누구를 위하여 종은 울리나』란 영화를 보기로 했다. 표를 산 후 영화관 입구에서 첫 만남으로 그녀와 마주쳤을 때, 나는 갑자기 이상한 마음이 들었다. 내가 저 여자를 먼저 보았다면 지금 이 자리는 없었을 것 같았다. 그런데 난 사실 직장이 없는 학생 입장이었고, 상대방은 직장 남성을 원했기에 내 친구에게 소개하는데 마음이 이상하다. 처음 본 그녀가 내 마음을 몹시 흔들고 있다. 그들은 영화관으로 들어갔고, 난 영화관 입구에 서서 묘한 감정에 빠졌다. 표현할 수 없는 마음에 휘말리고 있다. 눈을 감았다. 화려한 빛이 나를 무중력 상태로 몰고 가는 듯했다. 그녀 생각에 여러 날 고민하게 되었고 불안하기까지 했다.

그해 군에 입대해서 제대한 후 복학 겸 서울에 왔을 때 들려온 소식은, 소개에 의해 만났던 두 사람은 첫 상면 때 영화 한 편 본 게 전부라는 것이다.

그때부터 그녀와의 만남을 서둘렀다. 친구 D에게 "내가 만나고 싶다는 부탁을 전달해 달라."고 요구했다. 그녀는 호응했다. 결과적으로 그들 첫 상면 이후의 이별이 내겐 오히려 운명을 결정짓는 계기가 되었다. 그녀는 마음이 깊고 숲속의 공기처럼 깨끗함이 보였다. 다만 내가 직장이 없는 게 문제였다.

그 후 그녀는 늘 편지로 서울에서 살도록 노력하자고 했는데 그때까지 나는 직장도 못 구한 채 부모와 함께 농사일을 돌보며 지내고 있었다. 이상하게 시골에서 청혼이 있을 때도 그녀가 머리에서 지워지지 않았다. 서울에서만 살고 싶다고 해 그만 둘 마음도 가졌지만, 상대방이 헤어지자는 말은 없었기에 그럴 수도 없었다. 그러던 중 편지 한 통이 날아왔다.

그동안 안녕하세요. 우리가 만난 지도 꽤 오래된 것 같아요. 수원 모 중학교 건은 깨끗이 단념하는 것이 좋겠어요. 집안일에 열중하세요. 서울 온 것은 동생 보러 온 걸로 부모님께 잘 말씀하세요.

저는 왜 그런지 헤어질 때 모습이 눈에 훤하면서 일이 손에 잡히지 않고 기계 위에 오직 당신 모습만 떠오릅니다. 이런 줄 알았다면 따라갈 걸 잘못했다는 생각도 드네요.

너무 취직에 얽매이지 말고 살도록 해요. 행복은 어디에도 있는 거고, 행복하다면 시골이면 어때요. 전 행복하게 살고 싶습니다. 모든 걸 당신에게 맡기고 따를 생각입니다. 추석 지나서 내려갈 계획이에요. 마지막이 될 것 같은 아버지 산소에도 가고, 친구도 만나고 내려가려고 해요. 만날 때까지 안녕히 계십시오.

'동생들 많아서 몰래 쓰니까 그런 줄 아시고, 친구 D는 8월 15일에 아들 낳았습니다.'   ― 8월 16일 신 올림

시골에서 살겠다고 하며 나를 믿고 따르겠다는 그녀의 편지는 온갖 불안을 잠재웠고 결정적으로 결혼이 성립되었다. 편지를 보내준 그녀가 바로 내 아내이다.

1964년 12월 19일 오후 1시, 은사인 소설가 김동리 교수 주례로 서울 우미예식장에서 결혼식을 올렸고, 창밖엔 흰 눈이 펄펄 내려 온 세상을 하얀 세계로 수놓았다. 신혼여행은 오후 4시경 출발해

서 저녁에 홍성역에 도착했다. 역 근처 여관에서 자고 아침 일찍 고향집에 갔다. 농사일에 전념하고 집 짓는 일에 매달리다 보니 결혼 설계는 처음부터 어려웠고, 하루 일과가 힘들기만 했다.

하루는 아내가 '내가 직장을 얻을 수 있으니 우선 서울로 가서 새 삶을 시작하자'고 졸라서 금호동 고모 댁 방 한 칸을 빌려 살기로 했다. 그런데 고모 댁에서는 우리가 들어온 것이 달갑지만은 않았던 모양이다. 그 집은 목수인 아버지가 땅을 사서 지었지만 건축비는 고모가 대서 마련한 집이었기에 우리도 당연히 살 권리가 있다는 생각이었다. 그런데 고모부가 우리에게 노골적으로 불만을 드러내기 시작했다. 그래서 집에 있는 것이 싫었고, 직장을 구하려고 헤매다 빈손으로 저녁 무렵에 집에 오게 된다. 집에서 좀 떨어진 고개를 무작정 걷다 보면 아내가 직장 일을 끝내고 돌아오고 있다. 물오징어 두 마리를 사서 들고 온다. 노란 색 원피스를 입었고 만삭이 되어 툭 튀어나온 배를 내보이며 금호동 고갯길을 올라오는 모습이 내 마음을 아프게 했다.

결혼 전, 아내는 고려대학교 법대에 지원했고 큰 꿈을 지녔지만 장인의 갑작스런 병환으로 입원하게 되면서 상황이 달라졌다. 등록금 때문에 대학을 접고 직장을 선택했다.

결혼 후 나를 따르며 사는 아내가 대견스럽기보다는 마음 아플 때가 더 많았다. 특히 첫 발령으로 동두천 S초등학교 교사로 근무할 때 넉넉지 못한 살림을 돕기 위해 산에서 땔감과 반찬을 해결하려고 다니던 모습이 훤하다.

요즘 뉴스에선 황혼 이혼을 자주 거론한다. 난 한 번도 그런 생각을 해본 일이 없다. 신혼 때처럼 애틋한 그리움은 사라졌고 노년기라 열정도 부족한지 모르겠으나 오래 함께 살면서 묵은 깊은 정이 있다. 오히려 저녁에 늦게 오면 걱정이 되고 기다려진다. 혹시 불길한 일이 생기지는 않을까 불안하다. 오래 함께 살면서 단점이 드러나 좋은 감정은 무뎌졌을지 몰라도 지금처럼 건강하길 바라는 마음뿐이다.

스쳐간 일들이 자꾸만 떠오른다. 고단한 생활과 무심한 세월이 주름투성이로 바뀐 아내를 생각하면 마음이 무겁다. 그러면서 수필은 뒤늦게 쓰는 이유를 모르겠다. 공기처럼 내 생명에 가장 소중한 아내였는데. 첫눈에 꽂혔던 아내의 시선을 맨 마지막에 고백하는 이유를 모르겠다.

어제, 오늘

삶과 죽음은 손바닥 앞면과 뒷면 같지만, 수평적 경계면에서 보면 어제와 오늘처럼 보인다. 둘째 여동생이 죽은 지도 많은 세월이 흘렀지만 마치 어제처럼 느껴진다.

여동생의 죽음은 정말 어이없게도, 의사소통이 없어 만들어진 비극이었다. 결혼한 지 1년도 안 된 동생의 비극적 죽음에 울분을 참지 못해 비통했다. 너무 화가 치밀어 그 집에 찾아갔을 때 매제는 잠적하고 없었다. 유서 내용도 어이가 없었다. 남편의 잘못보단 시부모의 구박을 참지 못하고 스스로 목숨을 버린 것 같았다. 다시 사생결단으로 찾아갔을 땐 아예 이사하고 다른 사람이 살고 있었다.

한동안 고민에 휩싸였다가 다른 일에 부딪쳐 잠시 잊었지만 여전히 여동생의 일은 어제의 일처럼 생생하다.

돌이켜보면 자살은 이미 고등학교 때부터 싹튼 것 같다. 오빠가 미리 감지하지 못하고 보살피지 못해 일어난 듯싶다. 여동생이 고3때 나는 고향에서 농사를 짓고 있었다. 동생에게 부탁한 말은 '너는 서울에 있으니 오빠가 할 만한 일자리를 알아봐 달라'고 당부했다. 그때 여동생이 쓴 편지의 일부를 여기 기록한다.

오빠께!

저는 오빠 덕분에 상경하여 '개미 쳇바퀴' 안으로 들어 왔어요. 정말 고마웠어요. 귀한 돈으로 알고 잘 사용할 게요.

오빠!

어제는 함박눈이 내렸어요. 시골 같으면 소복이 쌓일 눈이 이곳 서울은 인파에 밟혀 땅만 질척거리네요. 선생님께서 입시반과 취업반을 가른다는데 난 취업반을 선택했어요.

이젠 추위가 없어졌대요. 벌써 외투를 벗은 사람이 있는가 하면 꽃이라도 핀 듯한 서울거리. 하지만 저녁엔 기온이 영하 15도니 외투가 아니라 털신 신은 할아버지까지 고통을 받는 변덕스러운 곳인가 봐요. 언제부터 서울이 싫어졌는지 몰라요. 그저 싫기만 해요.

1965. 1. 27.

이상은 그날의 편지 일부 내용이다. 다시 5개월 후의 내용을 소개한다.

오빠께!

오빠, 형부께 오빠 편지 보여 드렸어요. 일이 잘 안 되나 봐요. 좀 더 기다려 보지요. 무엇보다 궁금한 것은 지금쯤 새언니의 몸 움직임이 무척 불편하고 힘이 들 텐데 걱정이 되네요. 이번 여름방학에는 언니의 노고를 덜기 위해 내려갈 결심을 했어요.

오빠!

아침엔 해님이 다가와서 좋았는데 어느새 약만 올리고 검은 구름이 넓은 공간을 뒤덮고 있네요. 이럴 때마다 서울은 다가설 수 없는 먼 곳처럼 느껴지지만 꾹 참고 지내고 있답니다.

1965. 6. 17.

편지에 기록된 내용처럼 동생은 가족을 너무 사랑했다. 그런데 오빠란 사람은 자신의 직장만 생각했던 것이다. 늘 힘들어하는 동생의 마음을 헤아리지 못한 채 살아 온 것에 마음이 아프다. '낮과 밤의 온도 차가 심한 서울을 언제부터인가 싫어한 사실'과 '서울은 다가설 수 없는 먼 곳으로 느끼는 것'을 꿰뚫어 보지도 못하고 왜 이제 와서 후회하는 건지 모르겠다. 주위를 돌아보면서 치유하는 방법을 알게 해주고, 의사소통을 통해 용기를 갖도록 해 주었어야 했는데. 예견된 자살을 파악하지 못한 나에게 모든 잘못이 있는 것만 같다.

그동안 살면서 견디기 힘든 시간은 둘째 여동생의 죽음이다. 그때 내가 어떻게 견뎠는지 지금 생각하면 기적 같기만 하다. 또 다른 가족이 있어 자살은 포기했지만, 죽은 여동생의 남편을 죽이고 싶도록 미웠고, 그 일로 한동안 방황하기도 했다.

　이 일은 여동생 자살 사건이 일어나기 3일 전 이야기다. 느닷없이 여동생이 찾아왔다. 오빠 언니 보고 싶어 왔다고 했다. 난 복잡한 학교업무에 시달려 힘들던 시기였다. 집사람은 만삭이 된 채 토종닭 한 마리를 사다가 백숙을 만들어 동생에게 주었다. 여동생은 저녁을 먹으면서 다른 말은 전혀 없었고 맛있게 잘 먹었다고만 했다. 식사가 끝난 후 바쁘다고 부지런히 일어나더니 건강하게 잘 지내라는 말을 했다. 후에 짐작한 일이지만 여동생은 이미 오빠와의 마지막 이별을 위해 찾아온 것이 분명하다. 난 이해할 수가 없다. 얼마나 참기 힘든 일이기에 하필이면 농약을 마셨을까? 그리고 자기 집도 아닌 친언니 집에서 간단한 유서만 남기고 자살을 선택했는지 의문과 괴로움이 한꺼번에 몰려온다.

　둘째딸이 둘째 여동생 죽던 해에 태어나서 다른 애들보다 더 관심이 가고, 그 애의 삶을 더 걱정하는 건지는 모르겠다. 다른 형제보다 어려운 삶도 이유겠지만 같은 해에 태어난 애착도 크다.

　나도 가끔은 자살을 생각했던 때가 있다. 하지만 그 의지로 삶을 선택했고 힘든 시기를 극복할 수 있었던 것 같다. 어려운 일이 있을 때마다 생사를 각오하는 의지로 견뎌냈다.

　이젠 죽은 여동생에게 너무 미안하기만 하다. 그동안 후회 없게 살았고, 작은 그릇이나마 만들어졌으니 부끄럽지 않게 생을 마감할 준비만 남아 있다. 현재까진 모든 일이 잘 이루어졌지만 갑자기 무슨 일이 일어나지 않을까 걱정스럽다. 우리 둘째딸이 44세고 보면 그 여동생이 죽은 지 44년이 지났다는 것이다. 강산이 네 번 변했는데도 내 머릿속엔 어제 일만 같다. 앞으로 몇 날이 더 연장될지는 모르지만, 여전히 오늘일 것이다.

뒤틀림

식목일에 부모님 묘소에 가다가 발견한 일이다. 산기슭에 큰 소나무들이 뒤틀어진 모습에 놀랐다. 나무 끝에 달린 눈이 하늘을 향해 원망의 눈으로 인간을 질책하는 것처럼 보였다. 소나무는 균형을 잃은 채 땅으로 기울었고, 오른쪽 큰 뿌리는 완전히 뽑힌 채 드러나 있다.

지난 20세기가 인간의 뒤틀림이라면, 21세기는 우주의 뒤틀림인 양 지구가 변화되면서 자연 피해가 수면위에 나타나고 있다. 그동안 인간의 뒤틀림에서 오는 이념의 맛을 우리는 똑똑히 보아 왔다. 다른 색깔을 내세우며 서로에게 상처 준 역사적 사건들은 영원히 잊을 수 없다. 과연 행복의 의미가 무엇인지 20세기 말에 드러났다고 여겨진다. 또 한 인간의 잘못된 욕심이 우주를 뒤틀게 해서 일어난 무서운 사실들은 어떻게 봐야만할까!

이제 인간의 뒤틀림과 우주의 뒤틀림이 함께 빠르게 움직이고 있다. 마치 독사가 먹이를 쫓아 입을 벌리는 순간에 우리가 서 있는 듯 싶다.

이념의 잔존이 남아 있지만 기다리다 보면 인간에게 절실한 결과만이 존재할 수도 있지 않을까. 사람들은 지구촌화되는 사회로 가기 때문에 필요한 빛깔을 공동으로 취해 가야 할 수밖에 없다. 문제는 인간이 우주의 변화에 어떻게 대처하느냐에 달려 있다. 인간은 이제 우주의 변화에서 잘못된 일도 인정하고 천체 움직임도 눈여겨보며 문제를 풀어야 한다. 지구의 온난화 현상이나 대지진도 단순하게 보아 넘길 일이 아니다. 그것은 인간의 운명을 변화시킬 수도 있는 매우 중요한 일이다. 21세기는 인간의 이념적 화합이 정리되어도 욕심에서 나온 찌꺼기가 우주 움직임에 가세해 큰 화를 만든다는 걸 알아야 한다. 지구촌화 되어가는 지금 우리가 고민해야 할 일이다.

지난번 태안 기름유출이나, 일본에서 일어난 대지진은 온 인류가 함께 고민해야 할 지구상의 문제라고 보면 된다. 이념의 뒤틀림에서 현재로 오는 과정에서 인류가 화합되는 건 당연하고, 또 다른 일이 생기는지도 살펴볼 일이다.

지금이야말로 우주의 뒤틀림에 더 많은 관심을 기울여야 할 때다. 상상을 초월한 무서운 재앙을 막기 위해서 현실을 날카롭게 보는 예리한 판단이 필요하다. 큰 재앙이 뒤따르는 것을 바라만 볼 수는 없다. 과학자는 우주의 뒤틀림을 억제하기 위해 원리를 찾아내야 하고, 우리는 뒤틀림을 억제하기 위해 힘들어도 참여해야 한다. 그것만이 우주에서 모든 생명체가 살아남을 수 있는 대안이기 때문이다.

이제 국가 간의 경쟁력도 지구를 살리는 일에 동참해야 한다. 인류가 살아가기 위해서는 뒤틀림을 해결하는 일이 무엇보다 중요한 열쇠란 사실을 잊지 말아야 할 것이다.

뒤틀림은 나무에만 있는 게 아니고 인간, 지구, 우주에도 있다. 바로 잡을 수 있는 열쇠는 인간만이 갖고 있다. 인류의 화합이 요구된다. 인류가 실수하면 재앙은 순식간에 우주를 덮고 막을 내린다. 이제라도 그 뒤틀림을 바로잡기 위해서 우리는 지혜를 모아 합리적 사고를 찾아가야만 한다. 뒤틀린 소나무는 지역사회가 바로 세우고, 우주의 뒤틀림은 새로운 사고로 세계인이 함께 노력해야만 가능하다는 사실을 심각하게 받아드렸으면 한다.

유미 엄마

심한 파도가 밀려온다거나 뽑혀도 다시 살아나는 잡초가 있다면 그건 바로 유미 엄마 이야기고, 또 그가 살아온 날들이라고 말하고 싶다.

우리 가족은 서해 바다를 눈앞에 둔 작은 어촌에서 살았다. 그리고 유미 엄마는 바로 맏이로 태어난 내 딸이다.

유미 엄마를 너무 엄하게 키웠던 기억이 마음을 짓누른다.

네 살 때로 기억된다. 그때 그 아인 혼자 마당에서 흙장난을 했고, 나는 냇가의 아카시아 나뭇가지를 땔감으로 만들려고 도끼질을 했다. 한 짐 만들어서 마당으로 들어올 때 그 아이는 나를 보고 화사하게 웃으며 다가왔지만 난 모른 척했다. 멍석에 깐 벼알이 모두 마당에 흩어져 있었기 때문이다.

지게 짐을 마당에 놓으며 '누가 벼를 땅에 흩어놓았느냐'고 했더니 그 아인 겸연쩍게 웃으며 손가락으로 자신을 가리켰다. 엉덩이를 한 대 때렸다. 조금 전까지 환하게 웃던 얼굴이 새파랗게 질려 어쩔 줄 몰라 했다. 그 순간 마음이 아팠다. 장난감이 없는 농촌에서 혼자 노는 것도 고마운데, 벼를 흘렸다고 꾸중을 한 게 후회된다. 그래서 무더위도 시킬 겸해서 아이를 데리고 바다로 갔다. 수영하면서 조개도 잡아주어 미안한 마음을 대신했다. 물장구치며 즐거워하던 그 모습이 지금도 마음속에 되살아난다.

내 나이 30세에 동두천 S초등학교에 교사로 발령을 받아서 이사를 했다. 이삿짐이라고는 큰 가방 한 개가 전부였다. 전세 오천 원에 방 한 칸, 부엌 반 칸이 전부인 초가집이다.

동두천에 8년을 살면서 자식은 넷으로 늘었다. 그 넷은 누가 교육을 시킨 게 아니고 스스로 컸다는 말이 맞을 게다. 아내는 산에서 땔감을 찾았고 들에 나가 나물을 뜯어 반찬을 만들었다. 네 아이는 스스로 컸고 주로 맏이인 유미 엄마가 동생들을 보살폈다.

그 후 의정부 K초등학교로 발령을 받아 서울에서 출근할 때는 칠십만 원짜리 전세를 얻었다. 방이 두 칸이고, 반 칸도 안 되는 부엌이 딸린 단독주택 귀퉁이였다. 당시 유미 엄마는 중학교에 다니며 동생들을 돌보았다. 그러면서도 공부는 열심이었다. 공부할 때 동생들이 텔레비전을 틀면 야단을 쳤다. 그러면 동생들은 아무 말 없이 앞 다투어 문 밖으로 쏟아져 나간다. 맏이는 참으로 의지가 강하고 결심이 대단했다. 마치 공부를 위해 세상에 태어난 사람 같았다. 공부할 환경을 스스로 만들기도 했다. 책상이 없으면 송판을 구해 만들어 사용했다. 책상 앞 벽에는 붓글씨로 쓴 '신념을 가지고 떠난 사람은 결코 빈손으로 돌아오지 않는다.'는 붓글씨가 가로로 붙어 있었다. 고등학교 때는 학년 전체에서 1등을 해 장학금을 받기도 했다.

유미 엄마는 S대학 의대 졸업 후 지금 성형외과 의사인 남편을 만나 함께 개원해서 근무하고 있다. 그런데 유미가 고1이 되는 이번에 문제가 생겼다. 유미가 고등학교 추첨에서 집 가까이 있는 학교에 추첨되기를 원했는데, 마음에 들지 않는 먼 학교로 배정이 된 것이다. 학교가 공부하는 분위기가 아니라는 소문에 유미 엄마가 결심이 선 것이다. 또 이번 이사는 가는 날과 오는 날의 조건도 맞아서 바로 이삿짐을 옮길 수가 있었다.

지금 이사 온 집은 거실 뒤 주방 쪽 창문에서 보면 유미 동생 민욱이가 다니는 중학교가 보인다. 쉬는 시간이나 점심시간에 민욱이가 운동장에서 놀고 있는 모습을 망원경으로 볼 수가 있다. 수업 끝난 후 집으로 오지 않고 운동장에 있는 농구대에 매달려 시간을 보낼 때면 내 아내인 할머니가 확인한 후 데려 온다. 민욱이는 웃으면서 따라올 때도 있지만 기분이 안 좋은 때는 온갖 인상을 쓰기도 한다.

지난번 내 생일 날이었다. 장소는 노원역 근처 U레스토랑을 예약해서 참석했다. 나의 네 자녀는 다 결혼한 뒤라 둘씩 자녀가 있다. 그런데 유미 네는 부부만 참석하고 손자 유미와 민욱은 참석하지 않았다. 시험이 곧 있어서 공부를 하라 했다고 한다. 행사가 끝난 후 유미 엄마는 나를 백화점으로 데리고 가서 필요한 것이 있으면 사준다고 했다. 하지만 나는 옷을 사주면 지금 입는 옷을 버리게 돼서 싫다고 했다. 거듭 부탁을 해서 티셔츠 하나를 선택했다. 그때 유미 엄마는 나를 보더니, '아빠, 난 아빠 닮았나봐.'라고 말했다. 난 오늘 따라 맏이의 어릴 때 기억들이 자꾸만 되살아 난다.

월간 한국수필(2010) 독자평

　권두 대담에서 정목일 이사장과 김윤숭 지리산문학관 관장의 대화 내용은 독자가 한 길을 선택하는 길잡이로 삼을 만하다고 본다. 현실 세계는 물질이 세상을 색칠하고 정신을 혼란스럽게 하고 있지만 김윤숭 관장은 선친의 꿈을 이어 사명감을 갖고 흔들림 없이 인산학연구원 부설 지리산문학관을 개관했다. 존경스러울 뿐 아니라 세파에 휩쓸리지 않고 강한 의지를 보인 점에서 높이 평가하고 싶다.

　정목일의 「수필 같은 그림」은 기교 없이 일상의 말을 평범하게 나타낸 글인데도 선명하게 눈에 띄고, 정갈하고 맛깔스럽다. 수필집 「대금사조」 수필선집 「목향」을 보나 한국수필 5월호 「존재의 집」 등 작품에서도 향기가 묻어나고 있다. 이름을 밝히지 않고 우수 작품들 속에 포함시켜도 쉽게 찾을 수 있는 이유는 향기가 있기 때문이라 본다. 그분만이 지닌 뛰어난 문장력과 우아한 성품이 담겨 있어 최고의 좋은 글을 쏟아내는 것으로 보인다.

　김진숙의「채송화 이야기」엔 간간히 문장들이 동화 속 내용처럼 튀어 나온 느낌이 이채롭다. 예를 들면 "불을 켜자 수줍고 해맑은 어린 소녀같이 까르르까르르 색동 웃음을 마구 토해 내는 것 같다" 라든가 "진종일 해를 품고 풍구질하던 꽃도 해 지면서 살며시 가슴을 여미고 곤히 잠들다" 등이다.

　박양호의「우물과 군인」에서는 추억 속의 우물은 그야말로 사람들 마음을 어루만지는 단물임을 잘 말해준 듯 하고, 윤중일의「그녀는 청매실화」는 내용이 눈에 띄게 드러나지도 않으면서 지루하지 않게 글을 잘 이끈 것으로 보인다. 이색적인 문장으로 혼란스럽게 표현하기보다는 짜임새 있는 구성으로 수수하게 표현해, 다음을 보고 싶은 마음이 들도록 이끌어 준 점이 매우 특이하다.

　장진숙의「6월, 그 기적의 상처」는 느낌에 대한 상황을 잘 표현하고 지루함이 없이 연결시킨 이음은 무난하지만 문장 표현에서 석연치 않은 점도 보인다. 글의 시작은 우울증에 시달리던 친구 사체가 한강에서 발견되었다는 친구 남편 전화를 받고 과거의 인연을 회상하면서 병원으로 가는 내용을 표현했는데, 말미에 보면 "그즈음 심한 불면증으로 수면제 없이는 잠들지 못했다는 그녀 남편의 이야기를 들으며 영안실로 들어서니 그녀의 영정사진이 웃고 있었다."라고 했는데, 내 생각 같아서는 '그녀 남편의 이야기를 생각하며'로 해야지 '들으며'라고 했기 때문에 자칫 그의 남편과 함께 영안실로 들어가는 걸로 보여 문장 이해를 하는 데 오해할 수도 있지 않나 하는 생각이 든다. 문장에서 적절한 용어 사용의 필요성을 갖게 하는 부분이다.

신동헌의 컷이 있는 에세이 「나의 엉뚱함과 천문학」의 중간문장에 "중학교에 입학해서는 5학년생이었던 최창욱 선배가" 했는데 여기에서 '5학년생'은 중학교가 5학년까지 있는 5학년을 말했는지 아니면 5년 선배가 되는 사람이란 걸 나타낸 건지 명확성이 떨어지므로 정확하게 나타낼 필요성이 있다고 본다. 예를 들면 '몇 년 선배'라든가 '중학교 1학년 때 3학년 선배인 최창욱'이라든가 하는 식으로 쉽게 문장을 알 수 있도록 해야 할 일이다.

양태석의 「건강과 색」은 건강이 색과 관계가 있다고 해서 새로운 내용으로 조명한 것 같고, 녹색을 좋아하는 내 마음을 읽고 설명해주는 것처럼 착각하기도 했다.

김기동의 「붉은 장미」는 소재가 좋고 작가 체험이 유년 시절에 경험한 사실이어서 실감나고 재미있었다.

정성채의 「저주받은 칼」은 수필이면서 역사 인식을 바로 알게 하는 좋은 자료로, 일본을 조명하고 우리가 알아야 할 마음가짐을 잘 설명해 주었다.

김갑훈의 「감나무를 심었다」는 자연스럽게 주제 접근을 하면서 지난날의 추억과 현재를 사는 몸짓을 잘 연결시켜 주었고, 송준용의 「이별연습」은 적절한 문장으로 내용을 잘 구상했는데 절실한 느낌이 부족해 보이는 이유는 독자의 감정인지 작가의 느슨함인지 생각해 볼 필요가 있다. 더 깊이 있게 작품에 집중할 필요성이 있다.

민문자의 「꿈은 나이를 먹지 않는다」는 내용이 무난하게 전개되었지만 튀는 문장으로 밀도를 더 높이면 좋겠다는 아쉬움을 준다.

허정열의 「말하는 집」은 주제도 참신하고 문장 구성을 자연스럽게 배열한 점이 좋았고, 주제 의미를 전개하는 문장기술이 있어 색다른 맛을 주고 내용도 신선했다. 현대를 사는 어떤 인간의 내면을 보고 자신을 보는 듯 착각하게 한다.

남기문의 「내 안의 봄맞이」는 서두부터 지극히 평범하고 일반적인 내용을 기술하면서 지루함을 주지 않고 잘 이끌어 나갔으며, 주제와 관련되게 끝을 잘 정리하였다.

이농무의 「꽃으로 피어나다」는 서두에서부터 참신성이 묻어 있고 내용이나 묘사도 배열이 좋았다.

오승희의 「좋은 아침입니다」는 문장 연결이 원만하게 잘 엮어져 답답하지 않은 마음으로 이끌어서 막힘이 없었다. 어떤 문장은 기대만큼 힘을 주지 못하고 주저앉은 채 피곤해 보이기도 했는데, 이 작품은 그런 면에서 성공한 작품으로 문체가 틀을 잘 잡아 마련한 것으로 여겨진다.

김고경의 「산소 화장」은 현재의 상황을 물 흐르듯 변해 가고 있는 미래를 상상하며 시대적 요구사항처럼 글을 썼고, 장미혜의 「아버지」는 수필의 기본인 체험을 토대로 한 인생의 발견과 의미를 아버지에 담아 자신의 처지를 담담하게 서술하였다.

　문육자의 「아날로그 시대를 사는 사람」은 내용에 비해 글의 체제는 무난하게 전개시켜 주었다. 나름대로 퇴고를 많이 한 흔적이 보인다.

　유제완의 「산과 함께하는 행복」은 소재가 맑고 깨끗하며 문체도 유연한 자세로 잘 써갔다. 강한 느낌은 없지만 순수하게 잘 표현했고 글의 흐름이나 문장의 연결이 어색하지 않고 잘 짜였다.

　이상으로 작품의 느낌을 적었다. <한국수필>은 작품 수준이 높고 우수한 작품들만 모여 있어 많은 독자들에게 선망의 대상이 된다. 하지만 <한국수필>이 현재보다 더 발전된 수필로 거듭나려면 일부 작품은 걸러서 발표하여야만 한다.

　보안할 점을 지적하자면 내용이 뜨지 않고 주저앉는 느낌을 주어 더 이상 읽고 싶지 않은 글이 있었고, 문장을 간결하게 다듬어야 할 작품도 있었다. 제목이 광범위한 데 비해 밝히는 의미가 눈에 들어오지 못할 만큼 나약하게 보이기도 하고, 첫머리를 날카롭게 찔러 주다가 마무리에 느슨한 작품도 눈에 띄고 문장을 주도적으로 미는 아쉬움을 보완해야 하는 작품들도 있다.

　결론적으로 '월간 한국수필 독자평'은 작품을 발전시키기 위한 좋은 의도로 공간을 마련한 만큼 혹시 판단에 미흡함이 있었다면 문제 분석의 기준이나 평가자의 자질로 이해하고 오해가 없기를 바란다.

허물어진 울타리

얼마 전 바닷물 밑으로 들어 온 어뢰가 천안함을 삼키더니 뒤를 이어 연평도 포격이 일어났다. 이젠 9.0의 대지진 여파도 서서히 울타리 안으로 들어오기 시작한다.

일본 지진의 여파도 경종을 울린다. 허물어야 할 울타리는 그대로 있는데, 오히려 불청객이 찾아온 격이다. 지구 곳곳에서 악의 불씨가 솟아나오고 있다.

이런 일련의 사건들을 보면서 우리가 어떻게 해야 하는지를 고민하게 한다.

일본의 지진은 21세기 들어 큰 재앙으로 남을 것 같다. TV를 보며 너무 놀랐다. 해일이 600km/h의 무서운 속도로 1시간도 안되어 생활터전을 초토화시키면서 생태계가 순식간에 사라지는 걸보았다. 사력을 다해 달리는 차가 간발의 차로 물속으로 빠져들고, 전속력으로 달리던 개가 물에 삼켜지는 광경은 처참함 그 자체였다. 정박한 배들은 장난감처럼 뒤집혀 떠내려갔고, 사람이 살던 집은 어디서도 볼 수 없게 휩쓸려 쓰레기 더미로 변해 버렸다. 설상가상으로 원자로 폭발 공포까지 휩싸인 것을 보며 인간의 한계를 느낀다. 원자로 폭발 억제야 과학이 가능하게 할지 몰라도, 자연재해인 지진의 폭발은 어떻게 막을 것인가? 21세기 인간들이 안고 있는 과제인 듯하다.

그런데 일본 주민들은 위기에 침착하게 대처하고 있다. 약탈이나 사재기는 볼 수 없고 길게 늘어서 차분하게 자신이 필요한 물건만 산다는 보도에서 그들의 침착함과 시민의식에 놀랐다. 물건이 없다는 팻말이 있어도 불만을 표하지 않고 돌아서는 사람도 보이고 혼란은 찾을 수 없다고 했다. 성숙한 시민의식과 선진국의 자세를 보여주는 모습이다. 그뿐만 아니다. 방사성물질 오염사태가 세계를 잿더미로 만드는 일은 없어야 한다면서 원자력 발전소를 지켜내려는 그들의 의지가 대단하다. 방사성 폭발 위험을 염려하는 그들의 마음에 숙연해지고 자신을 되돌아보게 한다.

일본의 대지진을 보며 인류의 화합된 모습을 보기도 했다. 세계가 인종차별 없이 일본을 찾아 희생자를 구하려는 아름다움도 보여 주었다. 이념이 다른 중국도 함께했다. 일본 대사관 앞에서 일제의 만행을 규탄하고 시위하던 위안부 할머니도 이번 사건에는 지난날을 접고 그들의 슬픔을 기도하는 모습을 보여주었다.

그런데 왜 북한은 잊을만하면 울타리 안으로 들어와 비극을 자처하는지 모르겠다. 과거와 같은 처참한 현장을 다시는 보지 않게

힘을 합해야 한다. 민족 간의 대치 상태를 고려해 충분한 의사소
통으로 지역갈등이나 당파적인 일에 에너지를 소모해서는 안 된
다. 이젠 올바른 삶의 지혜를 찾아 나서야 한다. 서로 간에 이기적
인 마음을 버리고 새로운 정신혁명이 이루어져야만 한다.

우리가 해야 할 일은 분명하다. 갈등을 화합으로 바꾸는 일이
다. 개인의 이익보다 국가를 우선하고, 우주를 향해 달려가야만
한다. 그것만이 우리가 살 수 있는 길이다. 허물어진 울타리를
지키는 일 혼자의 힘으론 어렵다. 모두가 힘을 합해서 슬픈 일
일어나지 않게 만들어가야 한다.

두 마리 새

하늘에는 크고 작은 구름이 나란히 떠 있고, 그 밑에 두 마리 새가 어미를 찾아 날갯짓하며 뒤도 돌아보지 않고 서편으로 힘차게 날고 있다.

망연히 서 있던 우린 득달같이 문을 박차고 뛰기 시작했다. 길 위에 열세 살 난 남자아이와 아홉 살 된 여자아이가 정답게 길을 간다. 길섶엔 촘촘한 잡초들이 부러운 듯 그들을 보며 황홀해 한다.

할아버지께서 '인천에 한번 다녀오라'는 말씀이 내 마음을 붕 떠 있게 한다. 서늘한 바람이 가시지 않은데다 감기 든 몸이 무척 무거웠지만 마음은 뜬구름만 같다. 그리운 어머니를 만날 수 있다는 설렘이 가슴을 절굿공이처럼 뛰게 했다. 이른 새벽 두레박 들고 논으로 달리는 일이 힘들었던 때라 더욱 그렇다. 논 물 푸러 가자고 할 때마다 앵돌아졌고, 야단을 맞고서야 죄인처럼 따라나

선 게 사실이다.

할아버지가 우리에게, 아버지, 어머니를 보고오라고 말씀을 했을 때 무척 기뻤다. 동생은 나를 보고 살포시 웃는다.

아침 6시, 명천 부두에서 출발하는 인천행 여객선이라 근처에서 숙박을 해야만 그 배를 탈 수가 있다.

전날 오후 출발했다. 비록 검은 조끼 주머니가 헐어 다른 천으로 덧댄 남루한 옷이 창피했지만 마음만은 날아갈 기분이다. 동생도 흰 치마. 흰 저고리를 입고 뒤따르는 모습이 마치 학이 하늘로 기상하는 모습 같았다.

취평리 장터까진 걷고, 트럭이 있어 서산까지 왔다. 그 후 명천까지는 돈도 없고 시간도 맞지 않았다. 할머니가 돈이 없어서 한 사람 배표 요금만 주셨기 때문이다. 둘은 앞서거니 뒤서거니 하면서 한참을 달려갔다. 해가 기울면서 동생은 더 힘들어 한다. 다리가 아픈 모양이다. 나는 동생의 눈을 잠시 스쳤다가 멀리 바닷가를 보았을 뿐 동생의 어려움을 생각할 여유가 없다. 그렇다고 내가 동생을 업고 갈 힘도 없다. '가위 바위 보를 해서 이기는 쪽이 세 발 정도 앞서서 달리기 하자'는 제안을 했다. 다시 뒤에 사람이 앞지르면 잠시 쉬었다가 '가위 바위 보'를 반복하며 서쪽으로 기우는 해를 향해 달리기를 계속한다. 동생은 더 이상 못 참겠다며 발을 동동 구른다. 나는 건너편 산 아래 담벼락에서 우릴 엿보고 있는 그들이 싫었고, 숲속으로 도망치는 산토끼도 안중에 없다. 부두에 도착할 일만 걱정된다. 오히려 힘들어하는 동생을 더 닦달

했을 뿐이다.

　부두에 도착한 건 해가진 저녁 무렵이다. 마을의 굴뚝에선 검은 연기가 나고, 방안의 불빛이 부둣가로 옮겨 온다. 아직도 인천에서 출발한 칠복호는 도착하지 않았다. 부두로 나와 갯벌 밑으로 내려와 처음으로 인천을 상상해 본다.

　얼마 지나자 고동소리가 울리며 멀리서 보이던 배가 나타난다. 배가 도착하자 사람들은 뱃머리에서 나룻배로 옮겨 탔다. 부둣가로 접근하자 사람들은 신발을 벗고 갯벌로 나와 부둣가에 가서 다시 신을 신는다.

　밤이 무섭다. 주변에 여인숙이 있지만 그림의 떡이다. 부둣가를 오가면서 하늘만 쳐다보게 된다. 다행히 별들이 하나 둘 나타나더니 바닷물은 썰물로 변해 큰 배 밑에까지 개흙이다. 우린 기회로 알고 갯벌을 지나 칠복호 배에 올라탔다. 배 갑판은 바람도 막고 잠자리를 대신 할 수 있어 보였다. 주위를 살폈다. 갑판 위에 천막 천 둘을 발견하고 잠자리로 사용할 결심을 했다. 묶은 끈을 풀고 갑판 위에 깔았다. 쥐똥이 뚝뚝 떨어진다. 숨었던 쥐가 쏜살같이 한쪽 구석으로 달아났다. 우린 또 한 개의 천막을 이불 삼아 덮을 것으로 준비한 후 잠자리를 완성했다.

　눈앞의 촌락에서는 군데군데 연기가 나고 불빛이 새어나오는데, 우리에겐 오직 하늘의 별빛만이 반갑게 맞이해 준다. 집을 떠나면서 아침에 보리죽 한 그릇을 먹은 게 전부다. 그런데도 배고프지는 않다. 동생과 머리를 맞대고 나란히 누웠다. 밤을 새울 일이 문제였다. 시간이 갈수록 추위를 견디기 힘들었다. 서로 얼굴을 맞대고 자면 등에서 찬 냉기가 칼처럼 휘감고, 반대로 뒤집으면 앞부분의 추위를 참지 못한다. 그래도 어머니를 만날 생각에 그저 흐뭇하고 달콤하다. 생전에 보지 못했던 인천이 궁금하기도 하다. 그동안 아버지는 목수 일로 인천에서 집 짓는 일을 하셨다. 얼마 전에 할아버지가 '아범 혼자 지내면 안 된다'며 어머니를 보내셨다.

지금은 힘들던 농사일에 대한 생각보다 별 보며 밤을 새는 일이 더 큰 문제다. 동생은 어느새 잠이 든 모양이다. 추위를 잊은 듯 잠든 어린 동생을 보니 가슴이 얼얼하다. 밤을 꼬박 새웠다.

해가 떠오를 때 우리들은 힘차게 만세를 부르며 환호했다. 따뜻한 햇빛이 그렇게 고마울 수가 없었고 한줄기 희망의 빛으로 쏟아지는 기분이다. 배 밑은 바닷물이 채워져 배가 바다 한가운데 떠 있는 듯 보인다. 우린 서로를 보며 웃음보를 터트렸다. 상대방 얼굴, 옷 입은 꼴이 정상이 아니었다. 난 어이가 없어 웃었더니 동생은 더 크게 웃는다. 그러면서 "오빠 광대 같아." 했다. 거울이 없어 확인은 못했지만 온갖 오물들이 묻어 흉한 모습을 한 모양이다. 서로 털어주며 "오늘을 꼭 기억하자." 하고는 멀어져 가는 기러기를 한참동안 바라보았다.

출발할 시간이 임박한지 웅성거리는 소리가 난다. 부둣가에서 소형 선박을 탄 승객들이 큰 배로 옮겨 타고 있다. 칠복호는 배 고동소리를 두어 번 울린 후 퉁퉁거리다가 흔들린다. 조금 지나서야 여객선은 바다 한 가운데로 빨려들기 시작한다.

시간이 흐른 후 영종도를 지난다고 했고, 월미도를 뒤로 한 후 인천항에 도착하는 데 8시간 걸렸다.

난 조금도 피곤하지 않았다. 그런데 문제는 돈이다. 나만 배 삯을 내고 표를 받았기 때문에 동생을 부두 밖으로 몰래 내보내는 게 문제이다. 부끄럽다든가 창피한 생각보다 이 위기를 넘기는 일에 대한 두려움이 앞선다. 그런데 동생은 생각지도 않게 바로 앞에 선 어떤 아주머니 옆에 붙어 있다가 그가 표를 내고 나가자 쏜살같이 빠져 나간다. 가슴이 몹시 떨렸다. 그러나 왜 어린아이는 요금 안 내느냐는 말이 없다. 곧바로 내가 막 밀면서 표를 냈고, 뒤에서도 사람들이 꾸역꾸역 몰려 나와 혼잡한 상황이었기 때문인지 모르겠다.

인천항 부두로 나와서도 걷는 일이 또 시작되었다. 송현동 수도국산 밑이란 주소만 쥐고 걸었다. 부둣가를 나와 능선을 타고 만국공원을 지나 동인천역을 오른쪽에 두고 시장 골목 송현동 수도국산 입구로 옮겨갔다.

부두에서 3시간 정도 소요된 후 결국 집을 찾았다. 그때 가장 기억되는 것은, 집에서 보지 못하던 흰 쌀밥이었다.

얼마 후 개학날이 되자 우릴 또 시골로 보내려 했고, 나는 마음이 아팠다. 동생은 배가 몹시 아프다고 팔팔 뛰면서 얼굴이 노랗게 변했다. 병원에 갔을 때 의사가 스트레스로 온 신경성 증세라고 해서 동생에게 이유를 묻자 '시골엔 안 가겠다'고 한다. 부모님은 그 날로 전학 서류를 떼서 이곳 인천학교로 보내겠다고 했다. 여동생은 언제 아팠냐는 듯 멀쩡하게 뛸 듯이 기뻐한다. 그때 어머닌 손을 옹골지게 쥐고 초연한 눈으로 창문을 보다가 다시 돌아서서 눈을 슴벅이며 눈물을 흘렸다. 여동생과 나는 해방감을 맛보며 '두 마리 새'인 양 손을 마주잡고 환하게 웃었다.

가족 잃은 그들

"선생님, 정말입니다. 그들 행동 하나하나가 제 몸에 못을 박아 빼낼 수 없게 한 걸 어떻게 합니까? 그래서 가족을 잃은 사람입니다."

처음엔 무슨 말을 하는지 몰라 의아했고, 다음엔 예상치 못한 일에 당황할 수밖에 없었다. 다만 창밖의 진눈깨비를 뚫어지게 바라봤을 뿐이다.

갑작스런 전화였다. 010으로 시작한 번호가 휴대폰에 뜨고, 신호음이 요란하다. 문학 강의 듣던 중에 온 전화라서 받지 않고 쉬는 시간에 그 번호를 눌렀다. 상당히 날카로운 음성이다.

"누구신가요. 조금 전에 전화가 와서 눌렀는데요."

"오, 선생님 아니세요? 제자 C입니다. 초등학교 동창회에 참석했다가 선생님 전화번호를 알았어요. 이번 송년회에 선생님만 초대하려고 전화했습니다. 한번 만나야 돼요. 3일 후 부천역 뒤편

출구에 12시경에 오시면 제가 그곳에 서 있을게요."

강요하다시피 자기 말만 늘어놓고 몹시 보고 싶다고 하고는 끊는다. 30년 만에 처음 듣는 제자 C의 목소리다. 동두천 S초등학교 근처에 있는 내천교 잉어도랑 냇물이 기억난다. 그곳을 넘나들던 까칠한 소년 C의 유별나게 까만 눈동자와 한쪽 어깨 밑에 목발한 채 책가방을 목에 걸고 발목까지 차는 물위에서 내딛다가 넘어지던 모습도 보인다. 물에 빠진 생쥐처럼 옷이 젖어 속살이 드러나고, 파르스름한 입술과 앙상한 모습의 기억이 한눈에 들어온다.

아버지가 술을 마시고 오는 날이면 그 날은 공포의 순간이 된다고 했다. 숨는 방법밖에 없는데 숨을 만한 장소가 없다. 결국 아버지는 물구나무를 서듯 거꾸로 세운 채 이유 없이 종아리를 때린다고 했다. 그럴 때면 아픔보다 숨 쉬기가 어렵단다. 엄마, 아빠가 싸워도 마찬가지다. 어머니 화풀이도 내 몫이다. 동생들도 형으로 알지 않고 업신여기기 일쑤다. 잘 대하던 친구도 그 모습을 본 후부터는 마음이 변해 자신을 우습게 대해 무척 괴롭다고 했다. 모든 불만의 화살이 자신에게 던져진 채 동네북처럼 산다고 고백하던 C의 말이 눈에 떠오른다.

이웃 친구들도 등하교 길에 책가방을 들어 주며 사이좋게 지내겠다고 약속하곤, 선생님 보는 앞에서만 실천하고 정문을 벗어나면 상황이 달라진다고 했다. 들판 잉어도랑 개천에 올 때 책가방은 어김없이 땅으로 떨어진다. C는 운명처럼 책가방에 줄을 달아 목에 걸고 목발을 한 채 집으로 간다고 했다.

이런 일도 있었다고 했다. 한 친구가 팽개치지 않고 챙겨 주었지만, 결국 스스로 그 집을 박차고 나올 수밖에 없었다는 이야기다. 친구가 초대해서 화장실에 갔을 때 그의 어머니가 자기 아들에게 '넌 왜 그런 친구와 사귀느냐?'는 말이 문틈으로 새어 나올 때 그 길로 밖으로 나왔다고 했다. 다행히 밖엔 따뜻한 태양이 자신을 보듬어 주었고, 포근한 자연이 숨 쉬게 해 마음에 위로를 받았다고 했다.

집안이 흉흉한 날 밤에 집에서 나올 때도 구름 사이에 뜬 별이 자신을 위로해 주었다고 했고, 선생님만은 내게 삶의 끈을 붙잡도록 격려해 줘서, 그 약속을 지키겠다고 말하던 제자 C의 졸업식 날 대화 내용이 생각난다.

지금 어떻게 변했는지 무척 궁금하다. 동두천 S초등학교 근무할 당시 6학년 4반에서 제자 C를 만났다. 소아마비로 불구가 된 그는 목발로 의지해 사는 야위고 까칠한 남자어린이였다. 힘들었던 제자 C가 지금 어떻게 살고 있는지 궁금하고 또 만나기를 원해 청을 받아 주었다.

12시경에 약속장소로 갔다. 부천 지하철역 후문에 서 있을 때 바로 옆에서 화사하게 웃는 청년이 나타났다. "선생님! 저 C입니다." 처음엔 의아스러웠다. 자세히 보니 틀림없다. 30년 전 모습이 드러난다. 그가 건너편으로 안내한 후 자가용 문을 연다. 목발에 의지하는 모습은 여전하다. 불편한 몸으로 면허증을 딴 것도 대견하다. 집에 가서는 가정형편을 말하면서 아내를 소개한다.

그의 아내가 환하게 웃으며 인사한다. 그런데 쉰을 바라보는 나이에 아이가 없어 궁금했다. 강아지와 함께 세 식구가 가족 전부란다. 지금 옆에 있는 해피도 길거리에서 떠도는 강아지를 데려다 이름도 해피로 짓고 식구로 살아간다고 했다. 유년 시절 사람들이 자신을 우습게 여길 때도 집에 있던 개만은 반가이 맞아 주어, 사람보다 개를 좋아하게 된 이유가 됐다고 했다. 아내도 외톨이로 살다가 자기를 만나 산다고 했다.

차를 마신 후 승용차를 이용해 번화한 지역의 음식점으로 안내한다. 내가 좋아하는 음식을 대접하며 지난 추억을 잠시라도 되새기고 싶다고 했다.

식당 창가로 가서 제자와 마주했고 제자 옆엔 그의 아내가 나란히 앉아 나를 신기한 눈으로 본다. 난 먼저 생활 형편부터 물었다. 제자 C는 상업학교 졸업 후 잡일을 하다가 아는 분의 배려로 용접일을 배웠고, 이젠 실력을 인정받아 중소기업체에 납품한다는 사실을 알았다. 동창들 중에도 생활형편이 뒤지지 않겠다는 생각도 든다. 남모르게 애쓴 흔적이 제자의 눈빛에서 보인다. 잠시 후그는 답변을 요구하지 않고 "이해해 주시기만 하면 돼요." 하면서 말을 꺼내기 시작한다.

"저는 아내와 강아지, 세 식구가 살기 때문에 사람들과 대화가 없는 편입니다. 집에서 물품을 완성해 기업체에 납품하면 끝나기 때문에 업무상으로는 대화할 내용이 별로 없습니다."라고 한다.

그때 종업원이 와서 복어 정식을 주문했다. 가장 힘든 것은 자신을 보는 사람들 시선이 차갑다는 말을 꺼내기 시작한다. 목발한 자신을 무시하는 태도가 싫고, 화나게 만든다고 한다. 불행한 인간으로 여기는 태도가 받아들이기 힘들다고 말했다. 자기는 불편할 뿐이지 즐겁다고 했다. 장애인 보는 눈이 많이 변했지만 아직도 온도 차가 크다는 설명이다. 지금 자신이 나름대로 사는 건 공평한 자연의 혜택을 누린 덕이고, 주위에서 고통을 받은 만큼 노력한 덕이라고 했다. 함께한 친구 얼굴은 받아주지만 웃음거리로 조롱한 그 마음은 받아들일 수 없다고 했다. 나는 침묵으로 일관 했지만 이 문제도 생각할 문제로 여겨진다.

식당 밖으로 나오면서 자주 만나고 싶다고 했다. 손엔 두툼한 네모상자가 들려 있다. "우리 식구 해피 줄 음식입니다."라고 한다.

눈부신 겨울 햇살이 대지를 적시고 있다. 제자가 먼저 자가용 앞으로 가 문을 연 채 선다. 그 옆으로 아내가 서 있자 제자는 자가용 창문을 노크한다. 가족으로 소개한 해피가 차에서 내려 두 사람 사이로 끼어들며 횡대로 도열한다. 셋은 동시에 나를 보며 어떤 말을 기다리는 듯싶다. 과거엔 가족 잃은 실종자로 살았지만 지금은 다르다는 강한 의지도 보인다.

그들 셋은 무언의 공포탄을 하늘에 되쏘며 나란히 나를 응시한다. 제자 C가 목발에 의지한 채 한쪽 발을 앞쪽으로 내디디며 한 손을 올려 흔들자, 곧이어 아내도 환하게 웃는다. 가운데 끼어 있는 해피는 영문도 모른 채 내 얼굴만 유심히 쳐다본다. 나는 어떤 말도 하지 못한 채 쓸쓸히 웃기만 했다.

석유 등잔불

"어머니, 저 여기 있어요."

어머니의 치매 증세가 심해지면서 나 역시 "어머니, 저 여기 있어요."를 반복한다. 알 수 없는 말들의 연속으로 날마다 혼란스럽다. 어린 시절, 나를 찾으러 석유 등잔불을 들고 다니던 어머니의 모습이 떠올라 마음이 아프다.

처음에는 어머니가 나에게 살인자니 죗값을 받아야 한다며 논을 팔아서라도 죗값을 갚으라고 했다. 어느 날은 뜬금없이 아들이 죽었다고도 했다. 그대로 두었기 때문에 뼈가 굴러다닌다고도 했다. 불쌍하다고 묻어줘야 한다는 말을 할 때면 나는 "어머니, 저 여기 있어요!" 하지만 한참동안 가만히 있다가 또 시작되곤 한다.

어머니의 말 속에는 풀리지 않는 비밀스러운 일도 있다. 내가 어떤 여자에게 돈을 빌려주었다고 한다. 그런 일이 없다고 부인했지만 강하게 야단까지 치면서 "양평 사는 키가 작고 통통한 여자를 나도 잘 안다."고 했다. 어머니가 아는 지명이라고는 고향 서

산과 서울뿐이다. 그런데 어떻게 양평 여자에게 돈 빌려준 것을 아는 것일까? 현재의 상황을 제대로 모르는 건 치매라고 할 수 있지만, TV에서 나오는 특산물 같은 것은 잘 설명하곤 한다. 특히 6시 내 고향에서 나온 내용은 조리 있게 말한다. 어머니는 기억이 상실된 부분도 있고 아직 현실을 보는 것도 있는 듯하다. 그런데 나만의 비밀로 알고 있는 사실을 어떻게 아는지 이해하기 힘들다. 그 뿐만이 아니다. "그년이 큰 이자 준다니께 줬는지 모르지만 남편허구 둘이서 짜고 하는 거여. 요새 이자 안 주지? 원금도 마찬가지여. 홀리니께 넘어 갔는데 꼴좋다. 이놈아." 한다.

또 나를 노려본다. "네놈이 하는 짓을 보고 있어. 남편이 지붕 위에서 곡괭이 들고 막 휘두르고 돈을 안 주려고 노리고 있어. 다 그게 짜고 돈 뺏으려는 수작이여. 단단히 정신 차려 이놈아." 하는 것이다.

어머니가 무서웠다. 어머니의 말을 듣다 보면 나도 모르게 화가 치솟아 밖으로 뛰쳐나간다. 싸늘한 바람이 코끝을 밀고 추위를 느낄 때 긴 한숨을 쉬면서 마음이 가라앉을 때에야 집에 들어온다. 어머니의 치매가 나를 아프게 한다.

초등학교 다니기 전부터 할아버지 밑에서 자라면서 어머니에게 크게 잘못한 일이 있다. 어머니와 아버지가 심하게 다투는 것을 보았다. 아버지는 목수 일을 했기 때문에 여러 날 동안 외지 현장에서 집짓는 일을 하셨다. 집 한 채 일이 끝나면 아주 가끔씩 집을 찾아온다.

무더운 바람이 등줄기를 느슨하게 하는 여름날 밤이었다. 한 달 만에 아버지가 어떤 아저씨와 함께 왔다. 아저씨는 오늘 여기 볼 일이 있어 함께 자고 내일 집으로 간다고 했다. 저녁에 술상을 차리라고 한다. 어머니는 군말 없이 술상도 차리고 없는 반찬도 챙기면서 저녁상을 대접한다. 오랜만에 어른들 웃음소리는 한여름의 열기를 잠재울 만큼 뜨겁고 즐겁다.

다음날 아버지가 목수 연장을 챙겨 들고 정신없이 집 대문을 박차고 나가는데 부엌에 있던 어머니는 어느 틈에 발견했는지 잰걸음으로 아버지 앞을 가로막는다. "오랜만에 돌아와서 왜 돈을 안 줘." "아직 돈을 다 못 받았고, 조금 받은 것은 인부들 품값 주고 나머지는 생활비로 써서 없어." 하자 어머니는 화를 낸다. "엉뚱한 데 쓰고 변명하는 것 다 알아, 식구들은 굶길 셈이구먼." 어머니가 이젠 악을 쓴다. 아버지는 화가 나서 어머니를 심하게 때린다. 어머니는 울기는커녕 날카롭고 차가운 시선으로 아버지를 더 노려본다.

그날부터 나는 숨기 시작했다. 아버지, 어머니가 싸우는 모습도 괴롭고, 어머니가 매 맞는 것은 더욱 싫었다. 나도 모르게 어머니의 그런 모습에 반항하고 싶을 뿐이다. 서편 큰 창고에 쌓아놓은 벽 쪽의 볏단 일부를 빼고 그 속으로 들어갔다. 마당가에 있는 보리누리보다 습기도 없고 퍽 아늑하다. 그럴 때면 어머니는 밤에 사각유리로 짠 석유 등잔불을 들고 한밤중에도 두세 번씩 집 주위를 찾았다. 처음에는 부엌부터 살펴 본 후 곧 바로 마당가에 쌓아 둔 보릿짚도 보고 뒤란 탱자나무 숲을 더듬는다. 맨 나중에 찾는 곳이 이 서편 창고다. 내가 숨어 있는 창고 볏단 옆으로 지나가도 숨죽인 채 밤을 꼬박 새웠다. 그 후의 일은 기억나지 않는다. 그 당시 왜 그렇게 했는지 죄송스럽고 미안하다. 그 후 어머니가 가 엾고 늘 그리움으로 남았다.

어머니는 솜처럼 포근하고 절대적인 존재였으며, 누구도 그 틈을 비집는 일은 상상도 할 수 없다. 가뭄 속 단비처럼 촉촉한 비가 되어 내 곁에서 사신 분이기에 항상 존경했다. 사랑했던 어머니였는데, 이제 마음이 변해 가겠구나 하는 생각이 나를 괴롭혔다.

어머니는 이 세상을 떠나셨다. 좀 더 따뜻하게 잘 보살펴 드렸어야 하는데 그렇게 해드리지 못해 마음이 무겁고 죄의식이 머릿속에서 줄을 타고 뒤흔든다.

나는 상처받은 모습으로 석유 등잔불을 들고 어머니를 찾아 나서야 할 것 같다.

독서와 자기반성

교사의 길을 걸으면서 힘든 일이 많았던 게 사실이다. 많은 것들이 변화하면서 자신도 변해야 한다는 걸 알았지만, 주위 환경이 쉽게 받아들여지질 않았다. 용기와 의지가 필요한 걸 느꼈고, 자신의 어려움을 참으면서 이길 수 있는 대안은 오직 독서와 자기반성라고 생각했다.

원인은 본능적인 굶주림 때문이다. 어릴 때 희망은 흰 쌀밥을 많이 먹는 것이었다. 성장한 후 돈을 많이 벌고 싶었지만 능력이 없었다. P교수가 글을 써보라는 제의를 접고 교단으로 들어 온 것은 생계를 유지하기 위함인지도 모른다. 교단에도 크고 작은 일들로 갈등이 많았다. 그것은 바로 교육에 대한 노력과 승진에 대한 꿈이었다. 비 사범대학교 출신으로 뒤늦게 교단에 들어와 적응하기가 무척 힘들었다. 모르는 일들이 많아 부끄러웠다. 옆 직원에게 물어도 잘 설명해 주질 않았다.

교단생활 2년을 보내면서부터 교육에 눈을 뜨기 시작했다. 그곳에서 숨죽인 채 잔잔한 삶을 글로 써서 교육부가 주관하는 '자유교양 문예지'에 공모해 '수기부문'이 입선(1970년 3월호)된 것이 동료 교사들에게 알려지면서 좀 달라졌다. 일이 성취되면서 또 다른 갈등이 매질을 한다. 경쟁의 대상으로 여기지 않던 C교사는 나를 곱지 않는 눈으로 보기도 한다. 현실극복을 위해서 더 연구해야 된다는 걸 실감한다.

의정부초등학교 근무 당시의 일이다. 그 당시 본교가 시군 관내 지정 시청각 실험학교로 '국어과 연구학교'를 운영할 시기였다. 갑자기 D연구주임이 동두천 초등학교로 전근을 가서 연구주임자리가 공석이 되었다. 교장은 연구주임 선발을 교육경력 10년 이상자로 능력 위주로 선발하겠다고 했다. 해당되는 3명의 주임 중 연구주임을 선발한다면서 그들에게 일주일 기한을 주고 '시군 관내지정 국어과 연구계획서 및 요약보고서'를 요구했다. 그런데 한 사람도 해 오질 못했다. 그러자 김 교장은 다른 교사 중에서도 선발할 수 있다며 연구학교 운영할 의사가 있고 책임질 수 있는 교사는 월요일까지 보고서를 작성해서 제출하도록 요구했다. 그때 내가 '말하기 지도를 통한 발표력 신장'이란 주제로 연구 계획서 및 요약보고서를 제출해 선발되었다.

동두천 지역에서 근무할 당시에 경력에 밀려 윤리주임도 못했는데. 큰 학교에서 연구주임으로 '시범학교' 운영을 맡는 일은 참으로 힘들었다. 잠자는 시간을 줄일 수밖에 없고 '말하기에 대한 발표력 신장의 연구도서를 찾아 수업에 임하는 일에 중점을 둘 수밖에 없었다.

그 당시는 행정구역이 양주와 의정부를 합해 양주교육청으로 있었던 때다. 의정부, 동두천, 남양주, 양주 지역의 70여 개 초등학교가 양주교육청 소속이다. 시군 연구주임 총회장직을 맡아 각 학교에 공문발송을 해 연구주임들을 오게 하였고, 시범학교 운영에 대한 협의를 거쳐 본 연구를 추진하였다.

시범학교 운영 2년차를 무사히 끝낸 후 기쁨은 참으로 컸다. 교육청 대외행사를 실제 해보면서 교감 승진에 대한 욕심이 생겼고 현장 연구에 뛰어들어 연구 성적도 거두었다.

벽지 점수를 위해 연천으로 학교를 옮겼다. 연천교육청 행사가 잦을 때마다 더 바쁘게 움직여야 했다. 관내 소년체전을 하면 사회를 맡아야 하고, 연천교육 연천어린이 또는 한탄강 문집을 낼 때면 교정과 편집하는 작업을 해야 했다. 각 학교 수업 실기대회 땐 심사위원 평가단으로 활동하고 초·중·고 웅변대회, 독후감쓰기, 글짓기 대회에선 심사를 맡고 총평도 했다. 그 후 7차 교육과정 연수에도 최고의 점수를 얻었고, 원하는 걸 성취한 후 돌이켜보면 항상 뒤엔 책이 함께했다.

이젠 글을 통해 하고 싶었던 말을 다하고 싶다. 생명이 다하는 날까지 맡겨진 일을 충실히 한 후 정리하고 싶고, 더 삶이 연장되면 많은 사람들에게 내가 고민하는 삶의 의미가 무엇인지도 말하고 싶다.

되돌아보면 난 그동안의 삶이 길섶에서 자라나는 잡초 같았다고 말하고 싶다.

　비록 교직을 늦게 출발했지만 독서를 통해서 얻은 지식들이 교장이란 명예를 주었고, 수필가, 소설가로도 인정하는 기쁨을 주게 해서 한없이 기쁘다.

우리 둘째딸

둘째딸 소개는 음식 이야기부터 해본다. 둘째딸이 만든 음식 중에서도 된장국이 일품이다. 고급 식당에 가도 그 맛을 느낄 수가 없다. 일요일이면 둘째딸이 와서 차리는 점심시간을 기다릴 정도로 두부 된장이 생각나고, 자연산 굴을 사용한 김칫국도 기다리게 된다. 그는 맛있는 음식의 기준을 고른 영양과 손맛에서 강조하고 있다. 요란하게 빛깔 낸 값비싼 음식을 우아한 장소에서 먹는 것보다도, 단순한 양념재료로 만든 음식이라도 청결한 특유의 손맛에서 온 음식이면 된다는 것이다.

둘째딸은 음식도 잘하지만 마음이 참 곱다. 모든 일을 긍정적으로 이해하고 가족 사이에도 우애가 깊다. 형제간 의견 충돌이 일어나도 가장 먼저 이해하며 문제를 풀려 한다. 어려운 일도 스스로 나서서 처리한다. 지난번 태풍이 시골집을 덮쳤을 때 지붕 모퉁이 기와가 날아간 일이 있었다. 그때 남자도 하기 어려운 일인데 지붕 위로 사다리를 타고 올라가서 기와 고치는 일을 거뜬히 해냈다. 나의 네 자녀 중에서 가장 형편이 넉넉지 못한데도 불만이 없고 오히려 긍정적인 생각을 한다. "눈에 보이는 물질이 뭐가 그렇게 중요하냐?"고 반문할 정도다. 생활은 밥 먹고 살면 된다는 것이다. 많으면 더 갖고 싶고, 있는 사람과의 경쟁에서 야심만 늘어나 불안정한 마음으로 건강을 해칠 수도 있다는 게 그의 생각이다. 마음을 넓게 갖는 게 중요하고, 정상적인 편안한 삶은 물질보다 정신에 둔 것 같다.

둘째딸은 효녀 노릇을 단단히 한다. 자신을 희생할 정도로 일요일마다 아버지 집에 와서 형제 자녀들에게 봉사한다. 집안일을 끝내고는 자기애들과 사촌아이들 공부를 돌보기도 한다. 저녁이면 사촌아이들부터 집에 태워다 주고, 그 다음에 자기애들을 데리고 집으로 간다. 그만큼 사랑으로 형제들을 돌봐준다.

나는 그 딸이 하는 행동이 사랑스럽고 존경스럽다.

둘째딸과의 인연에서 가장 아픈 기억은 동두천 살던 때이다. 1971년, 여름 늦장마가 낮은 시가지를 바다로 만들었을 때의 일이다. 내가 살고 있는 셋집 툇마루 밑까지 물이 차서 세 살 된 둘째딸을 안고 대문 밖으로 나와 소방서 큰길로 대피했다. 그곳에도 물이 발등까지 차긴 마찬가지다. 딸과 함께 하늘을 보았을 때 잠시 멈추던 비가 또 올 기세이다. 그때 세 살 난 어린 딸의 말이 잊히지 않는다. "아빠, 춥다. 이젠 집에 가자."라고 한다. 둘째딸의 파르스름한 입술이 떨리는 것을 보았다. 사실은 집에 물이 차

서 일부러 나왔는데 집으로 가자고 했다. 둘째딸은 몸을 떨면서
여린 눈으로 나를 본다. 내가 다시 안았을 땐 몸에서 찬 기운이
느껴졌다. 늦여름 장마지만 얼마나 추웠기에 집에 가자고 했을까.

둘째딸은 일요일이면 찾아와서 내 힘든 일도 처리해 준다. 일이
생길 때면 그 딸을 기다리면서 동두천 늦장마를 떠올려본다. 침수
로 인해 집밖을 나오면서 성급한 마음에 알몸으로 안고 나왔던
둘째딸이 눈앞에 나타나 자꾸만 마음을 얼얼하게 한다.

후회스러운 일들

　광주광역시에서 좀 떨어진 고흥 산기슭에 그림처럼 아담한 '사랑의 집'이 있고, 그 집을 운영하는 주인은 내가 초등학교 6학년 때 가르쳤던 여자아이 A이다.

　첫 발령으로 S초등학교에서 6학년 2반을 맡아 지도하면서 제자 A를 만났다. 두뇌가 명석한 여자아이다. 사춘기 나이에 자신의 신체적 불구에 대한 불만 때문인지 가끔은 저항적이었다. 한번은 A의 어머니가 찾아와서 아이의 반항적 행동에 걱정된다며 원만한 성격이 되도록 잘 지도해 달라고 부탁했다.

　1968년도에는 중학교 입학도 입시제도로 성적을 올리기 위해선 방과 후 활동을 하며 스파르타식으로 교육하지 않고는 성적을 올리기 힘들 때였다. 원하는 중학교에 들어가기 위해서는 어쩔 수 없었다. S초등학교 10회 졸업생들을 그런 방식으로 졸업시켰던 기억이 난다.

갑자기 정년 후까지 연락이 없던 제자 A에게서 전화가 왔다. 졸업 후 20년 만에 우연히 의정부 터미널에서 만나 이야기를 했을 뿐이다. 중앙교회 권사로 있으며 봉사활동을 한다는 말에 놀랐었고, 양쪽 어깨를 떠받친 목발은 여전히 그대로였다. 힘들지 않느냐고 했더니 그는 오히려 행복하다고 했다.

고흥에 있는 '사랑의 집'에서 제자 A가 전화한 내용은, '선생님 보고 싶다'는 것이었고 '사랑의 집'에는 독거노인과 장애인을 합쳐 많은 식구들이 있기 때문에 반찬 때문이라도 1주일에 한 번은 광주 거래처에 가야만 하고, 가족이 많아서 한가한 시간이 없다고 했다. 그러면서 6학년 때 이야기를 한다. "성적이 나쁜 어린이는 손바닥을 맞았었고 자신은 말 안 듣는다고 손바닥을 맞은 일이 있다."면서 "맞지 않으려고 피하다 손등을 맞아 지금 상처로 남아 있다."는 말을 했다. 1반 친구B와 연락 중에 선생님 전화번호를 알았다면서 자신은 바빠서 찾아 뵐 수 없으니 기회가 될 때에 광주까지 오시면 모시러 나가겠다고 한다.

제자 A는 나를, 보고 싶은 마음에서 전화했겠지만 내 잘못으로 손가락에 상처를 남게 돼 무척 마음이 아프다. 당시 바쁜 일이 많아서 가질 못하다가 최근에 갈 결심으로 전화했을 때는 이미 늦었다. 그때 통화했던 전화번호는 없는 번호로 확인되었다.

후회되는 일은 셋째 딸에게도 있다. 셋째 딸에게는 아예 처음부터 후회스런 일을 한 것 같다. 첫째가 딸인 관계로 둘째부터 아들 낳기를 원했고, 셋째의 상황은 더 확대되었다. 셋째가 딸로 태어나 '꼭지'라고 불렀다.

그런데 지금은 '꼭지'인 셋째 딸이 대견하다. 꼭지의 아들인 M이 유치원에 들어갔을 때 다른 어린이들은 선생님 말을 잘 듣는데 M만 뒤에서 장난이나 치고 창밖을 보며 딴 짓을 해 주의를 주라고 했더니 받아들이지 않는다. 셋째 딸의 자녀 학습방법은 전혀 다르다. 아들 행동을 억제하지 않는다. 억압하면 자율성이 떨어진다면서 시간이 필요하다고 했다.

그런데 정말 전혀 다른 모습을 발견했다.

얼마 전 셋째 딸이 자기 엄마에게 전화한 내용을 보면, 초등학교 1학년인 아들 M이 친구끼리 싸우는 걸 보고 싸우지 말라고 말리다가 한 아이에게 매를 맞아 울고 있었고, 우연히 M의 누나인 N이 이 상황을 보고, 다치게 한 아이에게 다가가 "앞으로 한 번 더하면 보고 있지 않겠다."고 했다는 전화 내용을 들으면서 부끄럽기까지 했다. 셋째 딸에겐 '꼭지'란 이름을 붙이고는 잘해 준 것도 없는데, 그 자녀들이 원만하게 잘 자라 고마움이 나 자신을 돌아보게 한다.

아버지는 내가 초등학교 3학년 때 큰고모 잘못을 이유로 우리에게 단체기합을 준 일이 있다. 일렬횡대로 세우고는 바지를 올린 후 심하게 때렸다. 그게 무슨 좋은 교육이라고 자식들의 마음을 아프게 했는지 모르겠다.

셋째 딸을 보면 늘 아픈 기억으로 남아 있다. 셋째 딸이 초등학교 4학년 때 아들은 2학년이었다. 아들과 셋째 딸이 집 앞에서 공놀이할 때다. 길가에서 아들이 찬 공이 1층 현관 유리문을 박살 냈고, 난 현관 유리가 깨진 게 너무 화가 났다. 자식 실수를 이해 하기보다는 없는 돈으로 현관문을 보수할 걱정이 앞섰다. 두 아이 를 방으로 오게 한 후 종아리를 쳤다.

지금 생각하면 초등학교 2학년 어린애를 때린 것도 잘못이지만 잘못이 없는 셋째 딸은 왜 때렸을까? 남동생과 놀았을 뿐인데 똑 같이 다리를 걷어 올리게 하고 매질을 했다. 그들은 지금 결혼해 서 서울 근처에 살면서 아빠를 보며 의지가 된다고 한다.

나는 죄스런 마음에서 괴로움을 느낄 때가 있다. 아버지가 준 선물은 잘못도 없는 딸에게 매를 들어 아프게 한 것인데, 그런 기억이 있으면서도 오직 가족이란 의미만 생각하는 것 같다.

욕망의 덫이 숨고르기 한다

긴 안목 없이 순간의 만족만을 채우려고 얼마나 많이 발버둥을 쳤던가. 탱탱하던 얼굴은 주름으로 가득하고 야망과 꿈이 없는 벼랑에서 어쩔 줄 몰라 하다니 서글프기 그지없다. 군중의 촛불에 희생될까 무서워 방황과 혼동 속에 휘말린 날들을 생각하면 후회뿐이다. 보이는 것만큼 보이지 않는 것도 중요하다는 말이 이제야 실감난다.

두 발로 꾹꾹 눌러 밟는 길을 가면서도 마음속에서 가는 내면의 길은 왜 그렇게 했어야 하는지 알 수 없다. 사람들이 편한 자세로만 달리기를 하기 때문일까. 긴 줄에 이끌려 앞으로 나아가긴 했지만 과연 어떤 대가를 바랬고, 원하는 게 무언지 이제는 판단해야만 한다. 열악한 환경을 변명할 게 아니라 좀 더 맑고 투명한 이치를 받아들여 양심적 삶을 사는 게 더 소중하다는 걸 판단해야 한다.

사람들은 나름대로 자랑할 만한 재능을 자신만이 갖고 있다고 본다. 그걸 넓은 아량으로 베풀었어야 하는데, 옆에 가는 상대방을 불편하게 하고 달린 건 아닌가.

사람이 꽃보다 아름답게 살려면 상대방이나 자연도 자신처럼 사랑해야만 하는데, 현실은 그렇지 못했다. 생존경쟁이란 의미가 그래야 되는 건지. 상처를 주고 간 그들은 과연 행복한 생활을 할 수 있을까. 그것이 인간의 삶이고 행복한 세상을 꿈꾸는 자세인지 묻고 싶다.

요즈음 말만 앞세우면서 상대방에게 의심가게 행동을 보이는 사람들이 있다. 정치판이 한몫을 한다. 진실성이 희박한 공약으로 사탕발림하는 행동이 말해준다. 우린 그런 것들을 알고는 있지만, 그럴듯하게 포장한 속 내용을 파악하기란 힘들다. 사기 전화도 마찬가지이다. 마치 어둡고 침침한 촌락에 한바탕 눈이 쌓여서 가려 진 평온하고 아름다운 설경이 된 것처럼. 그 안의 추악한 모습들은 덮여진 채 아름답게 보여 눈이 녹기 전엔 알지 못하지 않는가.

반세기 전의 배고픔은 지도자와 국민들의 노력으로 해결한 게 사실이다. 그런데 인간의 마음은 그때보다 더 야박한 듯하다. 사회 현상도 시간이 갈수록 더 험악하고, 악의 뿌리는 고질화 되어 교묘하게 큰 상처만 남긴다. 이익 추구에 매여 자연을 훼손하는 일도 그렇고, 공해나 화재도 대형 사고를 부르고 있다. 인간의 마음이 발전하는 사회문화에 어울리지 못하고 있다. 오히려 우주의 재앙에 불을 붙여 숨고르기를 하는 모양새다.

우리는 그 의미를 찾아서 고민해야 한다. 자칫 잘못하면 모든 것들이 한순간에 사라질 수도 있다는 데 눈을 돌려야 한다. 진실과 정직함으로 오만한 사람들의 마음을 바르게 돌려놔야 한다. 어려운 이웃들의 찬 손도 따뜻하게 녹여줘야 한다.

나는 살면서 어려운 이웃을 보살피지 못한 아쉬움을 뒤늦게야 후회하고 뉘우친다. 자신의 앞가림이 힘들어 상대방에게 도움을 받았다면, 이제라도 이웃을 돌아보고 돕는 일에 나서고 싶다. 죽어서라도 자연의 밑거름이 되어 아름다운 나무가 자라도록 하고, 자연에 꽃이 활짝 피도록 만들고 싶다. 목화송이처럼 너울거리는 구름이 춤을 출 때 들판에 코스모스가 넋을 잃고 목을 길게 빼도록 만들기를 원한다. 바람도 순한 양처럼 대지를 훑으며 지나가게 해야 한다.

인구가 적었던 과거는 주로 가족끼리의 단순한 삶이었다면, 현재는 변화된 집단과 사회가 움직여 우주가 요동치는 격동의 시기가 아닌가? 서로 상반된 사람들이 모여 욕심을 부린다면 어떤 현상이 일어날까. 이제 전체를 되돌아봐야 하는 시대이다. 불편해도 이해하고, 모든 생물들이 살 수 있는 길을 선택해야 한다. 함께 사는 길만이 영원하다는 걸 알고 그에 대한 결론을 주저해서는 안 된다. 달리는 마차에서 한쪽 바퀴만 정상이라면 그 마차가 제대로 굴러갈 리 있겠는가. 상처 난 바퀴를 보수하여 함께 돌게 해야 하는 이치와 같다.

현실은 너무 사악하다. 인류의 무서운 일들이 우후죽순처럼 전

세계로 퍼져가고 있다. 수면 밑으로 파고드는 물고기 수가 줄고 있다. 물위에서 허공을 가르는 갈매기 수가 적어진 걸 보면 확인이 된다. 인간의 포악한 숨소리가 공기에 뒤섞여 인류의 목을 정조준하는 것이 보이지 않는가?

이젠 변화된 사회에 살아남으려면 잘못된 점을 보완하지 않고는 살 수 없다. 한 치 앞도 나설 수 없다.

그동안 휘적휘적 걸으면서 힘겹게 산위로 올라왔지만 그래도 능선 곳곳에 핀 들국화의 몸짓은 향기를 품고 있어 부끄럽기도 하고 많이 미안하다. 벼랑 끝에 내몰린 내가 현재의 모습을 보며 비장한 각오로 한마디 말을 남기고 싶다.

누가 현실에서 무서운 칼날을 피해갈 수 있는가?

우주의 질서가 파괴되고 욕심의 덫이 각을 세워 독기를 품으면, '인류는 암흑의 대지로 마지막 화면을 연출하고 끝날 수도 있다'는 사실을 기억하라고 말하고 싶다.

삶의 깨달음, 내면의 울림과 향기

-오석영의 수필 세계

鄭 木 日

(한국수필가협회 이사장, 한국문협 부이사장)

1. 침묵의 깊이와 향기

수필은 자신의 인생을 그려낸 자화상(自畵像)이다. 거울에 비춰낸 삶의 모습이다. 외면의 모습보다 내면의 모습을 드러낸다. 그러기에 '고백의 문학' '토로의 문학'이라고 한다.

오석영 수필가가 70대 인생의 내면을 비춰낸 처녀 수필집을 상재한다. 작가는 '무거운 침묵'이란 말을 하고 있다. 선뜻 발설하고 싶지 않았던 침묵 속의 말을 토로하고 있다. 침묵 속에서 무르익어 과일처럼 빛깔을 낸 말들, 일생을 통해 발견하고 터득한 삶의 발견과 마음을 비춰내고 있다.

오석영 수필가는 서라벌 예술대 문창과를 졸업했다. 소설가 김동리 선생께 사사하여 소설가가 되고 싶었다. 초등학교 교사가 된 이후 교장으로 정년을 맞기까지 어린이 교육에 헌신한 교육자이다.

농촌에서 태어나 근면성실로서 자수성가(自手成家)한 생활인이요, 어린이들의 가슴에 꿈과 사랑의 씨앗을 심어준 교육자였다. 부모를 섬기고, 자녀들을 훌륭하게 길러냈다. 생활인과 문인으로서 양심에 벗어나지 않고 맑고 깨끗한 삶을 보여주려 했다. 오석영 수필가의 이번 처녀 수필집의 상재는 '무거운 침묵'으로 오래오래 삭혀서 빚어낸 인생의 빛깔과 삶의 향기를 드러내도 있다.

수필은 거짓 없는 삶의 체험에서 얻어지는 글이다. 한 권의 수필집을 읽는다는 것은 한 사람의 일생을 들여다보는 일이다. 오석영 수필가의 처녀수필집에는 인생의 궤적과 영혼, 삶의 모습과 내공이 석류 알처럼 빛을 내고 있다. 노년기에 내놓는 이 수필집을 보면서 일생을 결집시킨 침묵의 말에서 내뿜는 향기와 존재의 무게를 느낀다. 한 권의 단순한 수필집이 아니라, 삶에 대한 성찰과 인생의 발견으로 꽃피워 놓은 깨달음의 꽃을 본다. 삶에 최선을 다 하려고 한 진실과 무게를 본다.

수필의 경지는 곧 인생의 경지이다. 오석영의 수필을 읽으면 허식과 과장이 없고, 진실의 토로와 순수의 마음과 만난다. 가난과 곤경 속에서도 언제나 삶의 바른 자세를 견지하며 올바른 방향을 향해 묵묵히 나가는 모습을 보여준다. 오석영 수필가의 문장에선 침묵 속에서 움튼 사랑과 포용이 있다. 성실의 땀 냄새와 무르익은 인간애가 있다.

2. 긍정의 힘, 일직선(一直線)

오석영의 수필세계를 관통하고 있는 삶의 정신과 길은 양심에 어긋남이 없는 공명정대(公明正大)함에 두고 있다. 부정보다 긍정의 힘에서 오는 따뜻함이 있다. 어떤 고난이나 어려운 상황에서도 삶에서 바른 자세를 잃지 않는다는 것은 지조 높은 인생의 길이 아닐 수 없다.

일단 결정하면 옆을 볼 여유는 없고 강하게 앞으로 질주하는 것이다. 선택된 길이기에 모든 걸 훌훌 털어 버린다. 물질도 마음도 비운다. 두려움 없이 편안한 마음으로 그 동안의 잘못을 뉘우치고 깨달으면서 태어나기 이전의 길로 되돌아가는 일직선이 되는 거다.

-「일직선(一直線)」(1) 결미

　내가 아버지의 마음을 못 잊게 하는 한 가지는, 고등학교 1학년 때 같은 반 나쁜 친구에게 매를 맞고 앞니가 부러졌던 때 일이다. 나를 데리고는 몽둥이 들고 학교 정문까지 와서 그 학생을 가만두지 않겠다고 기다렸던 일이다. 어머니 말에 의하면 아버지는 평소에, "당신은 아들 하나라도 남 여럿 못지않게 잘 둬서 행복한 줄 알어." 라고 했다는 말도 들었다. 아버지는 칭찬해 주셨지만 나는 잘해드리지 못한 마음이 있어 괴로울 뿐이다. 이 순간도 그것들이 나를 힘들게 한다. 자꾸만 눈물이 쏟아진다. 막상 돌아가셨을 때는 눈물이 많지 않았는데 10년이 지난 지금에 와서 슬픈 눈물이 쏟아진다.

　베란다 간이 장독대에 있는 물건들은 서로 다른 맛을 지니고 있다. 고추장은 매운 맛을, 간장과 된장은 짜면서도 고유의 맛을 지녀 각자의 향을 뚜렷하게 드러낸다. 같은 된장이라도 서로 다른 맛을 갖고 있으니 참으로 오묘할 뿐만 아니라 신비에 가깝다.

　인간은 그보다 더 세밀하게 평가해야 한다.

　나는 60년대에 '시대의 격정'이란 말을 썼고, 80년대엔 '선율의 대결'이란 표현을 하면서 살아 온 날이 지금 머릿속을 스치고 지나간다. 요즘은 또 다른 하나의 '점'으로 고집하지만, 미완성으로 그렇게 남을 것인지 알 수가 없다.

-「일직선(一直線)」(2) 결미

「일직선(一直線)」이란 작품은 (1) (2) 연작으로 쓴 작품이다. 하나의 주제로 두 작품을 쓴 것은 이 주제에 대한 많은 관심을 가졌음을 말해 준다. 자연물에 있어선 곡선이 아름다울 수 있지만, 인간의 삶과 행동에 있어선 일직선이 더 반듯하고 지조가 있다.

일생도 한 주제를 바라보며 일직선으로 향하는 것이 선명하다. 곁눈질을 하고 겉모습과 모양에 정신을 팔거나 현혹되면 샛길로 빠지기 쉽다. 목적을 이루지 못하는 경우가 많다. 목표가 정해지만 어떤 어려움이 있더라도 한 눈 팔지 않고 일직선으로 묵묵히 나가는 게 좋다. 남이 가는 길이 좋게 보여서 남을 따라 가면 실패하기 십상이다. 하나의 길로, 일직선으로 향하는 삶의 자세가 중요하다. 오석영 수필가의 〈일직선〉은 교육자로서 문인으로서 한 길로만 정신을 팔지 않고 살아온 결백한 삶을 반듯하게 보여준다.

오석영 수필가의 인생에는 일직선이 보여주는 단아한 맛과 미가 있다. 일직선의 삶에는 고결함과 집중력이 있다. 흔들리지 않은 용기와 지혜의 힘이 있다. 삶의 신념과 의지가 뒷받침돼 있다. 욕망을 다스리고 마음의 평정으로 얻는 사랑이 보인다.

3. 교육애의 실천과 헌신

오석영 수필가는 초등교육자로서 평생을 어린이 교육에 바치신 교육자이다. 사회와 전반을 교육적인 관점에서 바라보기도 하고,

오늘의 교육상황과 문제점에 대하여 해결책을 모색하기도 한다. 한국의 급진적인 경제발전은 다른 나라보다 앞선 교육열 때문이 아닐 수 없다.

지식주입식 교육으로 인성교육이 제대로 잘 이뤄지지 않는 점은 반성하고 시정해야 할 과제로 남아있다. 오석영 수필가는 어린이 교육에 평생을 바친 교육자로서 교육현장의 모습과 인성교육에 대한 생각들을 수필을 통해 바른 인식과 개선책에 대한 모색을 꾀하고 있다.

「하늘나라의 무지개 도시」와 「빨간 장미」

사고가 나기 전날 미술시간에 P가 그린 작품들이다. 그 당시 3학년 담임으로 P를 맡았다. 전방에 인접한 학교이므로 무엇보다 폭발물 위험에 노출되어 있어 각별한 관심을 갖고 지도에 임하였다. 그런데도 P는 그해 4월 14일 오후, 폭발물 사고로 세상을 떠났다.

토요일에 퇴근해서 집에 있을 때였다. 느닷없이 학교에서 전화가 왔다. 폭발물 사고 전화를 받고 바로 출발하여 현장에 도착 한 것은 3시간 후, 오후 7시가 지나서였다. 장독대 주변은 심하게 패였고 조그마한 집 툇마루 주변도 파편에 의해 벽과 문이 날아갔다. 일부 담 벽에는 폭발로 날아간 살점을 떼어낸 핏자국이 묻어있어 당시 처참했던 상황을 말해 주고 있었다. (중략)

그날 밤 새벽에 돌아와 뜬눈으로 밤을 보냈고, 다음 날 아침에도 사건의 현장으로 달려갔다. 사고가 난 P의 집은 산 밑에 위치한 외딴집이었고, 장독대 아래에는 길을 중심으로 벼랑으로 된 계단식 논들이 집

아래로 깔려 있다. 그의 할머니는 아침 기운이 찬데도 폭발물로 잘려나
간 손자 다리가 논에 있나 해서 찾고 있었다. P의 어머니는 실신하여
병원으로 가고 없었다. (중략)

　P의 미술 작품을 본다. 또 기억하고 싶지 않는 사실들이 심한 오열을
타고 가슴속으로 파고든다. 특히 이 두 장의 그림은 폭발물 사고가 나
기 전날 P가 미술시간에 그린 작품들이다. 먼저 「하늘나라의 무지개
도시」가 보인다. 그리고 또 한 작품 「빨간 장미」는 어떤 의미를 상징하
고 있는지 알 수 없는 일이다. 그림은 암시적인 채 유언장이 되고 말았
다.

　밤하늘을 향해 소리 높여 P를 불러보지만 제자는 대답 없고 무거운
침묵만이 산기슭에서 되돌아올 뿐이다.

- 「무거운 침묵」 일부

「무거운 침묵」은 초등교육을 위해 평생 동안 헌신한 교육인생
에서 지울 수 없는 멍에를 안겨준 사고를 내보여준다. 인생이란
뜻하지 않은 사고로 걷잡을 수 없는 곤경에 처하기도 한다. 작가
에게 있어서 이 사건은 영원히 잊을 수 없는 충격과 상처로 남아
서 '무거운 침묵'으로 덮여 있다. 「무거운 침묵」은 분단된 한국의
현실과 휴전선 전방에 있는 위험스런 교육 환경을 알려준다.

　어느 날 D가 같은 반 여자아이를 크게 다치게 하여 병원에서 치료를
받는 일이 벌어졌다. 내 마음은 타들어 갔고, 매를 들어 가르치고 싶었
지만 꼭 참았다. 그 여자아이의 아픈 심정을 D 자신이 느끼도록 설득하

고 치료비도 해결해 주었다.

　나는 D에게 올바른 즐거움에 대해 이야기하고 기다려 주기로 하였다. 상대방을 괴롭히는 즐거움은 옳지 못하고 상대방을 돕는 즐거움이어야 한다는 것을 설명하고 "너는 북을 쳐서 많은 사람에게 즐거움과 행복을 주도록 하라."고 당부하는 걸 잊지 않았다.

　그 후로 D는 열심히 북을 쳤다. 약한 아이를 때리는 나쁜 버릇도 서서히 줄어들더니 시나브로 없어졌다. (중략)

　말썽쟁이 D가 주전으로 활동하던 그 해에 5월 5일 어린이날 '서울정도 600년'을 기념하여 청와대 뜰에서 열린 '북악 어린이 한마당'에 초대되어 연주하였다. 올림픽공원 펜싱경기장에서 열린 '제3회 전국종합예술제'에도 참가하여 브라스 밴드부문 연주에서 대상과 함께 우승기를 차지하였을 때 D의 상기된 얼굴은 말썽 부리던 때와는 전혀 다른 모습이었다.

　시원한 바람이 파랗게 물든 포플러 잎을 흔들고 있다. 이제는 N초등학교 현관 옆 세종대왕 동상 앞의 빨간 장미들은 눈을 감아야만 나타난다. 오늘도 밴드부 연주소리에 D의 폭력적 행동을 잠재웠던 북소리는 이곳 서울 미아동 북한산 아래로 들려오고, 제자 U의 편지에 묻혀 70대 노객의 마음속으로 스며들어 그들의 화려했던 대회의 모습들이 빨간 장미와 함께 훨훨 타오르고 있다.

－「빨간 장미와 N밴드」 일부

　「빨간 장미와 N밴드」는 휴전선 부근의 초등학교에서 있었던 교육현장 일화를 쓴 수필이다. 문제아였던 D라는 제자를 계도하

여 열심히 밴드부를 연습시킨 결과 벽지의 초등학교가 전국종합
예술제에 참가하여 브라스 밴드부문 연주에서 대상과 함께 우승
기를 차지하게 된다. 이때에 말썽을 부리던 D의 상기된 얼굴을
보던 장면을 떠올리며 교육적인 성취감을 맛보는 옛일을 상기하
고 있다. 이 때의 일을 잊지 않고 있던 제자의 편지 한 통은 교육
자만이 맛보는 감동과 행복이 아닐 수 없다.

　오석영 수필가는 평생 동안 교직을 보람으로 알고 살아온 교육
자이기에 인생과 삶의 시각이 교육문제와 닿아있다. 교육자로서
의 교육환경과 바람직한 교육제도와 길을 살펴보고 있다.

4. 감자 맛 같은 수필 맛

　감자는 분명 건강식품이다. 그런데 감자 꽃은 장미에 떠밀리고 감자
맛은 가공식품에 밀려 등을 보이곤 한다. 그뿐만이 아니다. 같은 밭작
물 중에서도 마늘, 생강, 고추, 고구마는 좋아하지만 감자는 맨 뒤에
줄을 세운다. 보일 듯 말 듯 은은한 향이 있고, 주식으로 손색없는
감자의 맛을 많은 사람들이 소홀히 하는 것 같다.

　감자의 추억에서 한번은 어머니가 부엌 숯불에서 구워주신 뜨거운
감자를 배가 고파 허겁지겁　먹다가 입천장을 데어 한참동안 혼났던
기억이 있다.

　감자는 부엌 큰 솥에서 바로 익혀 나온 탁 터진 큰 감자가 인기다.
새우 눈을 한 채 몸집이 갈라진 흰 감자에 눈을 돌리게 마련이다. 누런
껍질을 벗긴 뒤 반으로 가르면 파슬파슬한 몸체가 드러난다. 입에 들어

가면 살살 녹는 맛은 설탕보다 맛이 있다. 하얀 떡가루가 뭉쳐진 양
흰 속살을 드러내 보일 때는 보는 눈도 즐겁고, 먹는 입도 즐거워 눈
깜짝할 사이에 혀에서 목 안으로 넘어간다.

　보리와 함께 서민의 배고픔을 채워주었던 주식이 감자였던 시절이
있었다. 그 땐 주식으로 역동적인 역할을 담당했다. 고구마는 소화가
잘 안 돼 열무김치가 필요하지만 감자는 다르다. 오직 감자만이 보는
것에서 맛까지 만족하고 건강까지 챙겨주었다. 그래서 보릿고개가 있
던 당시 시골에서는 감자를 주식으로 대용했던 것이 분명하다. 그때는
본능적인 욕구가 먹어야 한다는 의미만 있었던 것 같다. 쪽마루 옆 황
토벽에 기댄 채 한가롭게 문풍지를 바라보며 먹던 감자, 그 맛 또한
최고였다.

　아내가 알이 굵고 실한 감자를 쳐다만 보느냐고 거듭 먹어보기를
권했다. 나는 감자 맛이 옛날과 같지 않다고 말하지는 않고 멍하니 바
라보았다. 아내는 짐작했다는 듯 내게 말한다. "감자 맛도 세월처럼
앞으로 달려가야 하는 것 아닐까?"라고.

　감자 맛이 서민의 사랑을 받았던 과거에서 밀려나고 있는 현재를
보며 변화의 물결에 대한 회한을 갖는다.

- 「감자 맛」의 일부

　「감자 맛」은 어릴 적에 먹던 감자 맛과 오늘에 맛보는 감자 맛
이 다름을 전하고 있다. 농경시대의 감자는 주식인 쌀, 보리의
대용식으로 농가에서 없어선 안 될 식량이기도 했다. 감자는 영양
가도 높았지만, 간식용 먹을거리로도 그만이었다. 그러나 차츰

가공식품과 과자 등에 밀려나게 되었다.

작가는 감자 맛의 추억을 통해 농경시대와 어머니를 회상한다. 궁핍시대를 지나오면서 배고픔을 면하게 해주었던 감자 맛의 고마움을 회고하고 있다. 현대인의 입맛을 맞춘 대용식과 과자 등이 수없이 많지만, 보릿고개를 넘길 수 있게 식량이 되고 간식거리가 돼 주던 감자의 고마움과 독특한 맛을 오늘날의 청소년들은 알지 못한다.

현대인은 과거의 일은 망각하고, 미래지향성에만 관심을 두고 있다. 과거의 뼈아픈 가난과 궁핍이 있었기에 오늘의 경제성장이 있을 수 있음을 잊지 말아야 한다. 〈감자 맛〉은 지나 간 궁핍시대의 맛으로만 생각할 게 아니다. 우리 민족의 마음을 달래주고 배고픔을 채워주었던 고마운 식품으로 그 맛을 잊지 못하는 것이다.

조미료를 넣고 많은 재료로 요리한 식품보다도 굽거나 삶아만 놓아도 입맛을 돋워주는 감자의 순수한 미각을 잊을 수가 없다. 오석영의 수필 맛도 감자 맛처럼 수수하다. 형용사와 부사 등으로 현란한 수식을 보이지 않고 담담하고 순수한 모습 그대로의 인생을 보여준다. 꾸미지 않고 장식하지 않은 인간미와 모습을 발견한다. 오석영 수필가의 수필 맛은 배고플 적에 어머니가 화로에 구워주시던 감자 맛의 담백하고 구수한 맛이라고 할 수 있다.

세계가 놀라고 있는 한국의 경제 부흥은 자식들의 장래만을 위해서 교육에 매진하였던 부모의 희생이 있었기에 가능했다. 오석영 수필가는 농부로서 근면과 개척정신을 가르쳐 준 부모의 사랑을 못 잊어하며, 효도를 다 하지 못함을 후회하곤 한다. 오석영 수필가의 삶은 자신만의 일과 관심 뿐 만 아니라, 부자(父子) 간, 사제(師弟) 간, 개인과 공동체 간의 애정과 조화를 생각하고 미학을 얻고자 한다. 이는 개인주의를 떠나 함께 나누고 창출하는 삶의 미학을 보여주고 있다. 오석영 수필에서 보이는 뚜렷한 공동체 의식이다.

수필은 '자신의 삶, 자신의 인생'을 담는 그릇이기에 1인칭 글쓰기이다. 오석영 수필에선 개인주의와 신변잡기에서 벗어나 '우리'라는 관점에서 공동체의 삶과 의식으로 사회적인 환경이나 현상에 대한 바람직한 방안과 모색을 바라고 있다. 교육자요 문인으로서의 공동체사회에 대한 따뜻한 시선을 보이고 있다.

5. 아버지의 교훈과 회고

아버지가 떠오른다. 남에게 해를 끼치거나 불편하게 하는 일을 제일 싫어하던 분이셨다. 마을에서 공동 작업할 때에도 자신이 맡은 일을 끝내고도 못 나온 사람 몫까지 일을 한다. 일 끝난 후 보면 주위엔 아버지와 나 이외는 아무도 없다. 마을사람들은 아버지를 '오 선생'이라 불렀다. 농부처럼 선한 마음을 갖고 있는 분이다.

그런 아버지가 내게는 못마땅할 때도 있었다. 남들이 쉴 때도 아버지는 일을 했다. 공동 작업에 나가 열심히 일을 하고 집에 와서는 심하게 앓기도 한다. 남들처럼 쉬면서 적당히 일을 해도 될 것 아닌가 원망한 적도 있다.

그러나 지금은 넓은 세상을 만들고자 노력하셨던 아버지의 지난 모습들이 아름답게 보이면서 유년의 기억들이 불쑥불쑥 고개를 들 때마다 숲속으로 도망쳐 숨고 싶어진다.

남에게 폐를 끼치거나 불편하지 않게 노력을 하면 오히려 바보 취급하고 이용하려 드는 사람들이 있어 힘들 때가 많다. 법정스님의 '무소유(無所有)'는 내게 굳은 의지를 다지게 했다. '크게 버리는 사람이 크게 얻을 수 있다' 는 그분의 말은 곧 힘들어도 견디어 내라는 주문인 것 같다. 육신에 안주하지 말고 홀홀 털어버리기 위해서 먼저 아버지의 산소를 찾아 다짐할 게 있다.

아버지는 젊었을 때 목수였고 집 짓는 일을 할 때면 품값보다는 튼튼하고 멋있는 집을 짓는 데 더욱 힘을 기울였다. 어려운 사람이 있으면 품값을 따지지 않고 집을 지어 주었다.

아버지는 싸우는 걸 제일 싫어했다. 어릴 적에 이웃에 사는 아이와 심하게 싸운 일이 있다. 피멍이 들어 집에 오자 맞붙지 않고 얻어맞은 나를 보고 오히려 웃으면서 "분한 마음을 참고 견디면 편안해져." 라며 잠자코 있는 내 등을 가볍게 다독였다. 또 "때린 사람은 발 뻗고 잘 수가 없으니 지는 게 이기는 거여."라고 말했다.

아무 두려움 없이 떳떳하게 현실을 접으셨다. 괴로움도 즐거움도 던져버리고 강한 결심으로 목사의 손을 잡은 채 편안하게 크고 넓은 세상으로 가신 분이다.

－「풀잎에 내린 아침 이슬」 일부

오석영의 수필에 자주 등장하는 인물은 아버지이다. 근면하고 성실한 삶의 자세와 정신을 지닌 선친을 존경하고 있다. 공동 작업에 나가서도 남들처럼 쉬면서 적당히 일하지 않고, 열심히 열중하여 집에 와서는 심하게 앓기도 하신 분으로 회고한다. 젊었을 때 목수로 집 짓는 일을 할 때면 품값보다는 튼튼하고 멋있는 집을 짓는데 더욱 힘을 기울였던 일을 회상하고 있다.

'크게 버리는 것이 크게 얻을 수 있다'

'때린 사람은 발 뻗고 잘 수 없으니 지는 게 이기는 거여.'

오석영 수필가는 아버지의 인생 체험에서 얻은 가르침을 상기하면서 좌우명(座右銘)으로 삼아 왔다. 자식에게 부모의 삶은 인생을 살아가는 데 있어서 하나의 텍스트가 된다. 자식들은 부모의 삶을 보면서 장·단점을 발견한다. 오석영 수필가는 일생을 통해 터득한 삶의 발견과 의미를 '수필'이란 자의식(自意識)의 꽃으로 피워놓아 그 향기와 빛깔을 독자들에게 전하려고 한다.

오석영수필가의 처녀 수필집은 한 평생을 통한 삶의 무게와 영혼으로 얻은 깨달음의 사리(舍利)가 아닐 수 없다.

6. 마음의 정화, 삶의 미소

오석영 수필가의 수필에선 무엇보다 마음의 거울이 보인다. 마음속에 샘이 있어서 마음에 묻은 욕망과 이기심이라는 때를 벗겨내고, 성냄, 화냄이란 얼룩을 지우고, 어리석음이란 먼지를 씻어낼 줄 안다. 마음의 정화로 일상의 얼굴에 미소가 번져야 평온을 얻을 수 있다. 마음이 순수하고 정결하여야 문장에도 꾸밈이 없고 맑아지는 법이다. 인격에서 향기가 나야 문장에서도 향기가 나는 법이다.

　오석영 수필가는 겸허하고 순수하다. 삶과 인생을 담담하게 비춰내면서 성찰을 통해서 마음에 묻은 자국들을 깨끗이 지워낸다. 이런 마음의 경지이어야 수필 문장에서 맑음이 흐르고 미소가 번진다. 문장이 맑고 단아하다. 욕심과 과장이 없으며 수식이 없다. 삶을 되돌아보고, 남은 삶에 최선을 다 하려는 의식을 보여준다. 삶과 죽음에 대한 철학적인 사유도 보이지만, 인생에 대한 의미부여를 위한 과정이다. 오석영 수필에선 인생 성숙의 미학이 있다. 마음을 비워서 홀가분하고 편안한 여유가 있다. 시간과 공간을 뛰어 넘는 영원을 보고 있다. 작가가 얻고자 하는 완성은 겉보기가 아닌 영혼이 깃든 삶의 의미이고 가치이다. 한 권의 수필집으로 한 인간의 삶과 인생의 진면목을 드러내고자 한다. 침묵의 소리를 종소리로 만들어 울려내고 있다. 독자들과 마음의 소통, 대화의 문을 열고 있다.